クール美女系先輩が**家に泊まっていけ**とお泊まりを要求してきました……

識原佳乃
ill. しぐれうい

【第1章】 ファーストコンタクト

人生の節目と呼ばれるイベントはいくつもある。

入学、卒業、就職に結婚などなど……今後の生活を左右する非常に重要な出来事だ。

「春日和の本日、若さとやる気に満ち溢《あふ》れた仲間を新たに迎えられて、我がスミシン精機グループも――」

そんな人生の節目イベントのひとつ、就職に俺は差し掛かっていた。

今日は4月1日で、今はまさに入社式の真っただ中。

壇上に立つ最高経営責任者《CEO》のありがたいお言葉は、この後に控えている出番からくる極度の緊張でほとんど頭に入ってこない。

……どうして俺が新入社員代表なのか。一体どんな基準で選ばれたんだ？

未練がましくそんなことを考えていたら万雷の拍手が聞こえてきて、意識を壇上に向けたら最高経営責任者《CEO》が挨拶を終えていた。

壁掛け時計の針はいつの間にやら10分ほど進んでいたので、ちょっとした浦島太郎気分だ。

「続きまして辞令交付。新入社員、起立。新入社員代表――弓削明弘《ゆげあきひろ》」

静まり返った厳粛な雰囲気の中、俺の名前が呼ばれた。

ほとんど反射的に「はい」と気持ち上擦った声で返事をし、努めて平静を装って壇上へと歩みを進める。

新入社員は総勢２１２名もいるのでひとりひとりに手渡ししていると時間が掛かり過ぎてしまうため、新入社員代表が一括で受け取るのだ。背後から照らしてくるスポットライトをやけに熱く感じるのは、きっとこの場にいる皆の視線が俺の背に集まっているからに違いない。

「――年４月１日付で総勢２１２名をスミシン精機人事部所属社員とする」

「はい」

無事最高経営責任者《CEO》から辞令を受け取って降壇し、自席に着いてまずは一安心。

次のプログラムは役員祝辞でその後が先輩社員祝辞。

――そして俺の最大の見せ場である、新入社員代表の答辞だ。

あまりの緊張感に胃がキリキリと締め付けられるように痛み、背中を冷や汗が伝っていくのもはっきりと分かる。

できるものならば今すぐにでも誰か他の奴に代わってやりたいが、選ばれてしまった以上やるしかないし、今更逃げ出すことはできないのだ。

数回深呼吸を繰り返しながらどうにかして落ち着こうとしていたら、役員挨拶が終了したことを司会が告げた。……やばい、役員挨拶は何もかもが頭に入ってこなかった。

このままでは自分の出番が回ってきたことにすら気が付かなくなる恐れがあったので、式の進行へと意識を集中することにした。

「――年入社、社員代表瀬能芹葉《せのうせりは》」

「――はい」

壁際の末席にいた一人の社員が立ち上がった瞬間、誰の私語も聞こえなかったはずの会場が更に静まり返った。

あるはずの息遣いさえ聞こえない無音。

俺を含む全新入社員が息を呑《の》んだのだ。

どこまでも透き通った鈴の音のように美しい声。

次いでその瀬能芹葉《せのうせりは》と呼ばれた女性社員の容姿に皆、目を奪われた。

ブラックのテーラードジャケットと膝丈までのタイトスカートの上からでも分かる、すらりと高いモデル体型でありながら出るとこは出ている反則的な曲線美。

ハーフアップで纏《まと》められた肩より少し長い黒髪は絹糸のように一本一本が艶めいていて、スポットライトに照らされると宝石のように輝いて見える。

俺と違い緊張なんて一切感じさせない落ち着いた足取りで登壇し、演台越しにこちらを見た彼女は――目が覚めるほど美しかった。

肌理《きめ》の細かい白い肌、猫のようにつぶらな瞳とクールな印象を感じさせる切れ長のアーモンドアイ。筋の通った高い鼻に薄く形の良い唇は濡れたように光る。

ただ演壇に立っているだけなのに様になる。

ただそこにいるだけで一枚の絵画になる。

ＴＶで見るモデルさんが目の前にいる……と言えば伝わるのか分からないが、彼女は非日常的なまでの美貌の持ち主だった。

気が付けば俺もその美しさに圧倒され、息を呑んでいた。

「新入社員の皆さん、初めまして——そして本日は入社おめでとうございます。私は入社６年目の瀬能と申します」

一度新入社員全体をゆっくりと見回してから口を開いた瀬能先輩。

途中何故《なぜ》か俺とだけばっちりと目を合わせてくれたような気がして少し嬉《うれ》しくなったが、それはアイドルのライブなどで「目が合った！」とファンが喜ぶようなものだと結論付けて自分を落ち着かせた。

「きっと皆さんが今感じているように、私も６年前の入社式当日は非常に緊張した思い出があります」

出会って数分にも満たないが、壇上で滔々《とうとう》と語る瀬能先輩が緊張する姿など想像もつかなかった。

ただ、纏う雰囲気は凜《りん》としていて、適度に張りつめた空気が今の俺には心地好《よ》かった。

過度に気負う必要はない、だけどほどよく引き締める。

そんな瀬能先輩の姿は、これから行う新入社員代表の答辞のお手本をしてくれているようだった。

「何故ならばこの後に控えている、新入社員代表の答辞、という大役を任されていたからです」

なんと俺は瀬能先輩と同じ運命を辿《たど》ったらしい。

それだけでこの美人でクールな先輩に親近感が湧いてしまった。……単純だな俺。

「答辞の前に何度も――どうして私が新入社員代表なのか――そんなことばかりを考えていました」

言い切った瀬能先輩は真剣な眼差《まなざ》しで間違いなく俺のことを見ていた。

口にした言葉も俺が考えているものと同じで、どうやら勇気付けてくれようとしていることが分かった。……なんて優しい人なのだろうか。

「ですが今ではやってよかったと思っています。何故ならば皆さんも今後社会人として働いていく上で、必ず大きな舞台を経験することになるからです。その時、私はいつも新入社員代表として初めて答辞を任されたことを思い返し――」

優しくて凛々《りり》しい瀬能先輩を見ていたら、不思議とリラックスしていく自分がいた。

こんなにキリッとした美人が緊張したのかと思ったら、自分がガチガチになるのも無理はないなと悟ったからだ。あきらめがついたというか、開き直ったとでも言うべきか。

以降も瀬能先輩は自分の経験や思いを言葉にして話してくれたので、とても理解しやすく尚且《なおか》つ

共感できる祝辞だった。

「――以上、簡単ではありますが、歓迎の言葉とさせていただきます。ありがとうございました」

皆が話に聞き入っていたのか、それとも瀬能先輩に見惚《みと》れていたのか、まばらだった拍手が最後には最高経営責任者《CEO》挨拶よりも大きなものとなっていた。……個人的には瀬能先輩の方がカリスマ性があったので仕方ない気もするが、皆それでいいのだろうか？

「続きまして新入社員代表による答辞。新入社員、起立。新入社員代表――弓削明弘」

「はい」

瀬能先輩はきっと俺のことを勇気付けてくれたのだろうが、逆にこんなレベルの高い祝辞の後に答辞をやるのはまた違ったプレッシャーがある。

演台に立ち、スポットライトの眩《まぶ》しさから逃れるように一度目を閉じて深呼吸をした。それからゆっくりと全体を見回し、瀬能先輩と目が合ってドキリとした。演台に立っていても目が合うと普通に分かるのかと気が付いて。

……だから開き直った俺は原稿には無い言葉を冒頭で口にした。

「答辞――の前に一言だけ言わせてください。先程瀬能先輩からありました通り、私も非常に緊張しながら今この場に立っています。正直、何故私が……と何度も思いましたが、いつの日かやってよかったと思えるよう、全力で答辞をさせていただきます！」

新入社員の皆は少し笑っていた。……俺なんかが皆の代表ですまねぇ。

お偉いさん達も微笑《ほほえ》ましいものを見るように優しい表情でこちらを見ていた。

そして瀬能先輩だけは――笑みを浮かべる事も無く、真面目な硬い表情を湛《たた》えたまま俺のことを見ていた……。

「――以上、簡単ではございますが、答辞にかえさせていただきます。新入社員代表、弓削明弘」

やり切ったぞぉぉぉ！　と内心で雄叫《おたけ》びを上げながら自席へと戻る。

肩の荷が下りたからか、それからはあっという間に進み閉会となった。

……結局瀬能先輩は一度も表情が変わることなく、唯々《ただただ》淡々と俺のことを真っ直《ま》ぐ《す》に見つめたまま答辞を聞いていた。

正直なところ一度も笑みを浮かべてくれなかったのは悲しかったが、瀬能先輩からすると俺はただの社会人1日目のガキである。それも212人中のひとりに過ぎない。

だからこれは仕方のないことなんだと諦めて会場を出ようとしたところで不意に声を掛けられた。

「――弓削くん」

澄んだ綺麗《きれい》な声だなとぼんやりと考えながら振り返ると――そこには腕を組んだ瀬能先輩が立っていた。

……え？　なんで？

心の底から驚いた。

素直にビックリした。

まさか瀬能先輩から声を掛けられるなんて想像だにしていなかったからだ。

それに間近で瀬能先輩の端麗な容姿を見たことによる衝撃もあって、しばし呆然《ぼうぜん》としてしまった。

「……弓削、明弘くん？」

「は、はいっ！」

慌てて返答をしながら頭をフル回転させた。

瀬能先輩はどうして俺に声を掛けてきたのか？　と。

「すごく立派な答辞だったわ……これからよろしくね？」

「えっ!?　あ、ありがとうございます」

何だか含みのある言い方だった気がするが要するに、新入社員代表の先輩として答辞お疲れ様、ということのようだ。

ただ俺が心なしか挙動不審な返答をしてしまったのには理由がある。

微《かす》かに目尻を下げて、気持ち口角を上げた瀬能先輩が微笑んでいるように見えてしまったからだ。

多分俺の希望的観測がそのような幻影を見せたのだろうが、クールな瀬能先輩の微笑みというのは動揺するのに充分な破壊力があった。

「――がんばれ後輩くん」

その言葉だけを残して瀬能先輩は踵《きびす》を返して行ってしまった。

っしゃぁぁ！　これから頑張るぞい！

俺が本気で頑張っていこうと思ったのは実はこの時が初めてだったりする。……こんな美女に応援されて頑張らない男なんていないのである。

……これが俺と――瀬能芹葉《せのうせりは》先輩のファーストコンタクトだった。

瀬能先輩に「がんばれ後輩くん」と言われてから、早いもので既に1か月が経《た》とうとしていた。

その間俺は何をしていたかというと……研修漬けの毎日だった。

全新入社員は一度人事預かりとなり、敬語の話し方といった当たり前のものから電話応対等の基礎的なビジネスマナー、各部署の職務見学、外部ビジネスセミナー参加などなど……。

そんな管理されたスケジュールだったので当然瀬能先輩とばったり会う……なんて幸運なことは一度もなく、中々に濃い毎日を過ごしていた。

「弓削～！　飯行こうぜ！」

「社食にするか、外で食うか……工藤《くどう》はどっちがいい？」

午前中の研修を終え、飯をどうするか悩んでいたら横から声を掛けられた。

総勢212人も同期がいる中で唯一バカ話ができるまでに仲良くなったのがこの男――工藤朝比《くどうあさひ》だけだった。

こいつは「ノリとコミュニケーションだけで生きていく！」と本人が豪語しているだけあって、初対面の相手だろうがすぐに打ち解けてしまうコミュ力お化けなのだ。

全同期のＲＩＮＥ《ラ イ ン》を知っているのは工藤と、恐らくもうひとりぐらいだと思う。

「今日は社食にしようぜ！　ロコモコ丼食いたい」

「了解」

「あれ～？　朝比《あさひ》も社食行くの～？」

だからこそ工藤みたいなコミュ力お化けと一緒にいると、このように自然と人が集まってくる。

今工藤に話し掛けてきたのはコミュ力お化けの女子代表――舞野旭陽《まいのあさひ》だった。……言うまでもなく全同期のＲＩＮＥを知っているであろうもうひとりだ。

新入社員のくせに髪をナチュラルブラウンに染めた、ゆるふわウェーブが特徴のミディアムボブ。

一言で言うならば可愛《かわい》い系の女子である。

ちなみにこいつは以前「愛嬌《あいきよう》とコミュニケーションだけで生きていく！」と、どっかの工藤みたいなことを言っていた。

類は友を呼ぶの典型である。

「行くぞ！　旭陽《あさひ》も来るか？」

「いくいく～！　咲良《さくら》も一緒に行くよね？」

今更だがこいつらはふたりとも名前があさひ読みなのだ。

ただでさえコミュ力お化けなのに名前が一緒……お察しの通りかもしれないが、こいつらは初対面の時から互いの名前で呼びあっていた。……よくよく考えると類は友を呼ぶ、どころのレベルじゃないな。もしこいつらが結婚したら……かなり面白いことになりそうだ。

「私もお邪魔していい？　弓削くん、工藤くん」

そして舞野に咲良《さくら》と呼ばれた同期のひとりが申し訳なさそうにしながらやってきた。

彼女は――穂村咲良《ほむらさくら》。

真面目そうなアンダーリムの黒縁メガネと、これまた優等生チックな長い黒髪をひとつ結びにした穂村。

……見た目だけで言うと、少しおどおどした、守ってあげたくなる系の女子なのだが……、

「歓迎するぞ」

「むしろ野郎ふたりのランチに穂村ちゃんが来てくれるなんて……お礼言わせてください！　ありがとうございます！」

「……あ、うん。弓削くんありがとう。工藤くんはうるさいから黙って」

かなりズバズバと言う毒舌家だったりする。

工藤が「穂村ちゃんそれは我々の業界ではご褒美ですぞ！　ありがとうございますありがとうございます!!」と喚《わめ》きながら何度も頭を下げていた。……まさか本心で言ってるわけじゃないよな？

穂村はそんな工藤をゴミを見るような目で見下しながら「迷惑だから勝手に感謝しないで」と吐き捨てるように言っていた。

……毒舌家というよりただのドSなのかもしれない。

「朝比～！　ばかやってないで早く行かないと激混みだよ～？」

「工藤、先行ってるぞ？」

「待って。私も行くからおいていかないで……工藤くんは罰として先に行って席とっておいて」

「了解《ラジャー》！　穂村ちゃんの頼みとあらばたとえこの身が朽ち果てようとも、きっちり４人分の席を確保しておくから期待しといて！」

食堂へ向かう人であふれ始めた通路を上手《うま》いこと縫うように、サムズアップをした工藤が走り去っていった。その後を舞野が「今日のメニュー見てくるね～！　席とっておくからふたりはのんびり来ていいよ～」と、人好きのする笑みを浮かべてから追走していった。

……嵐のようなコミュ力お化けペアである。

「あのふたりやかましい」

「だな」

横に立っていた穂村が疲れたようなジト目で遠ざかるふたりの背を眺めながら言った。

全くもって同感だったので肯定を口に。

やかましいというか、騒がしいというべきなのか。

「ふたりだけで……外に食べにいく？」

「そんなことしたらあいつらもっとうるさくなるぞ？」

穂村の冗談に付き合ってみたら面白そうな気もしたが、それは間違いなく一時のもので、その後絶対にめんどくさいことになるような気がしたのでやめておいた。

するとと俺と同じことを考えたのかは分からないが、心なしか暗い表情を浮かべた穂村がコクリと頷《うなず》いた。

「……もちろん冗談だよ？」

「んじゃ、行くか」

「うん」

「外でいいんだろ？」

「……えっ!? 外行くの!?」目をぱちくりする穂村

冗談に冗談で返したらかなり驚いた表情で俺を見てきた。

中々に良い反応だったので冗談を言ったかいがあるというものだ。

「冗談だ」

俺の返しを聞いた穂村が眉間にしわを寄せた。

メガネ越しに見える瞳は少々苛立っているようにも見える。

……なにやら不満があるらしい。実は本当に外で飯食いたかったとか？

「弓削くんのビビリ」

「ビビリってなんだよ？　せめてめんどくさがりって言ってくれないか？」

「弓削くんのめんどくさがりビビリサボりにわとり」

やけに誇らしげな表情で俺を猛然とディスる穂村。

やたらと生き生きとしたその姿を見てひとり納得してしまった。

間違いない。

――こいつドSだわ。

罵倒されて喜んでた工藤はもしかして……ドMなのか？　まぁ、どうでもいいが。

「俺は工藤みたいにそれで喜ぶ性癖はないんだが？」

「全部りで合わせてみたんだけど、どう？　ちなみに、にわとりはチキン（ヘタレ）って意味で受け止めてもらえると嬉しいかも」

微妙に会話が噛《か》み合っていない気がしたが、俺も気にせず適当に話を続けた。

「散々な言われようだ。それと俺は肉の中では一番チキンが好きだから本望だ」

「……チキンって意味分かってる？」

「ビビリってことだろ？」

「……はぁ」

適当に話をした罰なのか、こめかみを押さえてわざとらしく嘆息した穂村が俺を無視して歩き出していった。

チキンにビビリ以外の意味なんてないだろ。罵倒された挙句呆《あき》れられるとかどういうことだよ……と俺は心の中で悪態をつきながら遠ざかる穂村の背を追いかけたのだった。

「――穂村ちゃんすまねぇ！」

「――咲良ごめん！」

食堂に入ってみると既に人でごった返しており、席の確保に失敗した工藤と舞野のＷ《ダブル》あさひが穂村に謝っていた。……おい、俺のことを無視するな。

「混んでるし仕方ないよ」

「穂村ちゃんが優しい！　これは遂《つい》にデレ期突入の予感⁉」

「工藤くん席とれなかったんだから、これからの人生呼吸しないでもらえるかな？」

「全然デレてない⁉　むしろ普段よりも厳しい……だと……⁉　ありがとうございますありがとうございます‼　その言葉だけでご飯３杯はいける」

サラッと穂村が死刑宣告をしていたような気がするがそれはいつものことなのでどうでもいいとして……Ｗあさひが確保したのは長テーブルの横並びの３席だった。

このままだと誰かひとりが適当な場所に座ることになる。

何となくそういうのは俺の役目な気がしたので、日替わりのチキン南蛮定食を持って辺りを見回した。

程なくして外向きのカウンター席がひとつだけ空いているのを見つけ「あそこのカウンター席空いてるから俺行ってくるわ」と伝えてから、返事を待たずに移動を開始した。

「弓削～！　すまねぇ！」

「ごめんね弓削くん！」

「弓削くん本当にチキン……」

謝罪、謝罪、からのおそらく罵倒。

こんな状況だというのに穂村は毒舌を吐かないと死ぬのだろうか？

しかもこの場合の「チキン」は俺がビビリであることを指しているのか、それともチキン南蛮定食を見て「本当にチキン好きなのね……まるで共食い……ぷーくすくす」的な意味なのか……。

……どっちにしろドS的思考であることに変わりはないが。

そんなことより今は目の前の食事に集中しよう。

立ち上る湯気には唾液分泌を促す香ばしい匂いが充満していた。

チキン好きなら共感してもらえるだろうが、もうこれだけで美味《うま》い。

やや大きめの鶏《とり》もも肉は南蛮漬けされた衣によってしっとりと黄金色に輝き、その上にはみじん切りにされたゆでタマゴが入った特製のタルタルソースがかかっている。

思わず唾を飲み込んだ。

箸《はし》を手に取り「いただきます」とひとり呟《つぶや》いたところで横から声を掛けられた。

――えぇい！　俺は今この美味そうなチキン南蛮を食べることで頭がいっぱいだというのに！

誰だよふざけ……、

「――お隣よろしいかしら？」

聞き間違えることの無い透き通るような凛々しい声音。

顔を向けて見るまでも無く声の主が誰なのか分かった。

だからこそ俺は考えるよりも早く返答を口にしていた。

「も、もちろんです！　どうぞ」

「ありがとう」

ゆっくりと顔を向けると隣の席に目の覚めるような美女が姿勢正しく座っていた。

言うまでも無く――瀬能芹葉《せのうせりは》先輩だった。

あまりの美貌と身に纏う凛とした雰囲気に、頭のてっぺんから指の先まで鳥肌が立った。……さすが俺はチキンなだけある。

魚介たっぷりのペスカトーレとサラダが載ったトレーをテーブルに置いた瀬能先輩が、おもむろにこちらを見た。

感情が一切読めない不思議な瞳は澄んでいて、長時間目を合わせていたら吸い込まれそうなほど美しかった。

半ば意識を吸い込まれて呆然と瀬能先輩を見つめていたら、気を使ってくれたのか会話の口火を切ってくれた。美人で相手のことも気遣ってくれるなんて完璧人間過ぎるだろ。

「入社式から1か月ぶりくらいかしら？」

「は、はいっ！　そうです！」

ガチガチに緊張しているのが自分でも分かった。

下手したら新入社員代表の答辞をやった時よりも身体《からだ》が強張《こわば》っている気がする。

何も気の利いたことが言えず、せっかく瀬能先輩が話を振ってくれたというのに上手く言葉にならない。

こんなことは生まれて初めてのことだった。

聞きたいこと、話してみたいことは色々あるのに口だけが上手く動いてくれないのだ。ビビリ過ぎだろう俺……。

「どうしてそんなに緊張しているの？」

俺がカチコチに固まっていることがバレてしまったらしく、瀬能先輩が真剣な表情で問いかけてきた。その心遣いに感謝はすれど、やはり口は上手く動いてはくれない。

「あっ、いや……ちょっと自分でも分かりません」

「そう……確か今日の午後から辞令交付式だから緊張しているのね」

素直に告げたら瀬能先輩が冷静に自己完結してくれた。

……瀬能先輩が言うように今日は午後から正式な配属先が発表される辞令交付式があるのだ。

研修期間も残り数日。

今後は全新入社員の合同研修ではなく、各自配属先での実務的な研修《OJT》に移る。

率直に言うとどの部署に配属されるかに対しては少なからず緊張しているが、今のこの状態はそれが原因ではないことは明らかだった。

「それもありますが……瀬能先輩があまりにもカッコイイので、緊張しているんだと思います」

――おい！　何言ってんの俺!?　何口走っちゃってんだよ俺!!

うまく思考回路が働かず、つい思っていたことが口から飛び出していった。

初めて入社式で瀬能先輩を見た時、容姿もさることながらその凛とした振る舞いや俺を勇気付けてくれた優しさに、社会人としてのカッコよさを感じていたのだ。

男としてどうなのか分からないが、要するにそのカッコよさに惚れた。

人としても、社会人としても、お手本にしたいと思ってしまったのだ。

……この緊張はそんな憧れの人を前にしたものだったようだ。

下手にあれこれと考えられない状況だからこそ、自分が感じでいたことが素直に理解できた。

「……カッコイイ？　……私が？」

「は、はい」

「そう……ありがとうね」

そう言って瀬能先輩は顔を正面に向けてしまった。

日差しの関係か分からないが、横から見える耳が少し赤みがかっているようにも見える。

……うわぁ。絶対変なやつだと思われた！　ほぼ初対面みたいなもので「綺麗です」とか「美人です」とかならまだしも、「カッコイイ」って女性相手に言うことじゃないだろ!!

瀬能先輩が前を向いてくれたので、冷静になった俺はひとりで悶々《もんもん》とした。

考えるまでも無く自爆である。

まごうことなき自滅である。

どう考えても自業自得だ。

あれほどまでに楽しみにしていたはずのチキン南蛮だったのに、今は見ているだけで胸焼けしそうになってくる。

「初めて、その……カッコイイと言われたわ」

サラダを一口食べた瀬能先輩がぼそりと独り言のように呟いた。

……でしょうね。

俺みたいなアホじゃない限り面と向かって言うような人はいないと思います。

——誰か俺を殺してくれ!!

「すみませんでした」

「……どうして?　謝る必要なんてないでしょう?」

「いや、勝手なことを言ってご迷惑をおかけした気がするので」

ダサい。ダサすぎるぞ俺。

ビビリにも程があんだろ。

「迷惑だなんて思っていないわ。だって弓削くんは本心から言ってくれたのでしょう？」

「ええ、まぁ……はい。本心から瀬能先輩のことは人としても、社会人としても、カッコイイと思ってます」

この際どうにでもなれと、ヤケクソだった。

今更言ったことを撤回するのはありえない。

別に嘘《うそ》を言ったわけでもないので、逆にちゃんと伝えることが誠実だと思った。

そんな俺の言葉を聞いた瀬能先輩はこちらに向き直った。

小さく「んっ」と咳払《せきばら》いをしてから、真っ直ぐに俺を見つめて一言。

「嬉しい」

ただそれだけ。

だが途轍《とてつ》もない破壊力を持った一言だった。

声風《こわぶり》から伝わってくるのは、心の底から「嬉しい」と思っているあたたかさで、瀬能先輩の纏う雰囲気がどことなく柔らかくなった気がする。

——そして何よりも衝撃的だったのは表情だ。

俺の見間違いでなければ入社式で見せてくれたものよりも確かで、でもほんの僅《わず》かにだけ微笑んでくれたような気がするのだ。

実際のところはどうか分からないが、それだけで俺は充分だった。

「早く食べないとせっかくのチキン南蛮が冷めてしまうわよ？」

まるで幻であったかのように一瞬でいつもの冷静沈着《クール》な瀬能先輩に戻ると、すぐに正面を向いてしまった。

そんな瀬能先輩の耳は、今度は間違いなく朱に染まっていた……。

「……なぁ？　なんでさっきからそんなにニコニコしてんだ？　不気味すぎるぞ？」

瀬能先輩との昼食（俺が勝手に思っているだけ）を終え、男子トイレの洗面所の前で手を洗っていたら工藤が失礼なことを言ってきた。

別にこれっぽっちもニコニコしているつもりはない。

現に鏡で自分の顔を見ても至って普段通りだ。

それなのに工藤の奴は何を言っているんだか。

「ニコニコなんてしてないぞ」

「そのままの意味じゃなく比喩だよ、比喩。なんか嬉しい事でもあったのか～？」

——鋭い。

さすがコミュ力お化けだけあって、他人の機微に敏感に反応しやがる。

ただここで「憧れの先輩と一緒に飯が食えたんだ」と言おうものならめんどくさいことになりそ

うだったので、はぐらかしにかかる。

「チキン南蛮定食のレベルの高さに感激してな。チキン好きの俺からすると毎日でも食べたいと思ったのに……チクショウ！　なんであれ日替わり定食なんだ？　あんなに美味いんだから定番メニューに入れてくれたっていいだろう？」

確かにチキン南蛮定食は美味かった。

だが、俺はベストコンディションのチキン南蛮を食べていない。

瀬能先輩との会話に夢中になりすぎて（俺がひとりでガチガチになっていただけだが）食べる頃にはすっかり冷めてしまっていたのだ。

わざわざ「早く食べないとせっかくのチキン南蛮が冷めてしまうわよ？」と瀬能先輩に注意してもらったのに、あの時の俺は会話ができた達成感でしばし放心状態になっていたのだ。

たっぷり3分ほどボケーっと外を眺めてからようやく食べ始めたので、提供からゆうに15分以上経過していたチキン南蛮からは既に熱は失われていた。

だからこそ俺はもう一度ちゃんと食べたいので定番メニュー化を熱く希望する！

「珍しくよくしゃべるなぁ～。落ち着きもないし、瞬《まばた》きも多いし、おまけに右利きの弓削が左上に視線を向けながら話すなんてな～」

「な、何が言いたい!?」

ヒェッ!?

こわっ！　コミュ力お化けこっわ！

なんか知らないけど追い詰められてる気がする。

別に俺は嘘は言ってないぞ!?

チキン南蛮に対する熱い思いは本当だ。神に誓って！

「はい、ダウト～！　チキン南蛮に対する思いは分かったけど、それ以上に遥《はる》かに嬉しいことがあったんだろ？　弓削《チミ》、嘘はよくないなぁ～？　非言語的な態度《ノンバーバルコミュニケーション》が嘘だって言ってるんだよ？」

ヒィッ!?

ヤバイ！　こいつコミュ力お化けじゃなくてメンタリストだ！

伊達《だて》に「ノリとコミュニケーションだけで生きていく！」と豪語しているだけある。

「……ウソジャナイデス」

「カタコトになってるぞ。それで憧れの瀬能先輩と何話してたんだ？　デートの約束でもしたのか？」

「はっ!?　何言ってんだよ!!　瀬能先輩はカッコイイからデートなんてしないんだからねっ!!」

アイエェッ!?

なんだよ普通に見られてただけかよ。ビビらせやがって。

ヤケクソ＋動揺＋若干の逆ギレ＝支離滅裂。

自分で言っておきながら意味不明である。

　最終的には何故かツンデレ口調になっているし、己の事ながらあまりの気持ち悪さに寒気が走った。……男のツンデレとか誰得だよ。

「お、おぅ。んで一緒に飯食った感想は？」

「そんなの最高に決まってんだろ！　容姿もさることながら凛々しくて優しくてカッコイイんだぞ？　最高以外に言葉はない」

　工藤が気圧《けお》されたように聞いてきたので開き直りの精神で答えた。

「そ、そうか……もしかして瀬能先輩にカッコイイって言ったのか？」

「言ったぞ」

「お、おぅ。斬新な攻め方だな。……俺はどっちかって言うと瀬能先輩は苦手な分類だな。何考えてるか読めないし、あまりにも美人過ぎるし、凛々しいよりかはクール過ぎて怖い。それにあの人ありえないくらい仕事で成果出してるらしいぞ？　なんでも10万人の全従業員対象で毎年ひとりしか選ばれないプレゼン大会の最高経営責任者《CEO》表彰を前人未踏の3年連続で受けてるんだと。……そんな訳で俺は完璧過ぎて苦手だな」

　もはや気圧されるどころか、引かれているような気もするが今更気にする必要はないだろう。

　工藤が言いたいこともそれとなく理解できる。

　だが俺の解釈としてはこうだ。

　何考えているか分からない＝思考を読ませないのはミステリアスでカッコイイ！

あまりにも美人過ぎる＝最高！

クール過ぎて怖い＝冷静沈着でカッコイイ！

最高経営責任者《CEO》表彰を3年連続で受けてる＝社会人として最高にカッコイイ!!

おまけに気配りができて優しい＝人として最高にカッコイイ!!

……カッコイイと最高しか言っていない気がする。

「瀬能先輩のカッコよさが分からないとは……工藤は人生10割損してるな」

「損しかしてない!? まぁまぁ、その点弓削は分かりやすいし面白いし真面目だから、一緒にいて楽しいっていう瀬能先輩の気持ちも分からなくはない」

分かりやすいってやっぱり俺はすぐに顔やら態度に出てしまうのか。

今思えば瀬能先輩が入社式で俺を勇気付けてくれたのも、さっきのガチガチに緊張していたのを気にして話を振ってくれたのも、全ては俺の自爆だったのか。……何これめちゃくちゃ恥ずかしいやつやん。

それよりも……、

「なんで工藤が瀬能先輩の心情を読めるんだよ。さっき読めないって言ったよな？」

「読んでないぞ？ ごく一般的に考えて嫌いなやつの隣に座る人なんていないだろ？ よかったな弓削！ 少なくとも嫌われてはいないってことだぞ～！」

ふむ。一理どころか百理ある気がする。

……だがこれは工藤の予想でしかないのだ。

こんなことで喜んでいては話にならない。

ただ単に席が他に空いていなかったから仕方なくということもあるだろうしな。

「弓削、顔がニヤついてるぞ」

「別にニヤついてない」

「ちなみに他に席が空いてなかったから仕方なく座った可能性もある……とか考えたろ？　安心しろ。普通に空席はあったぞ」

「そうなのか。まぁ、俺には関係ないことだな」

「……そんなニコニコしながら言われても説得力ないぞ」

「悪かったな生まれつきこんな顔だ」

慌てて鏡を見たがやっぱりいつも通りで特段ニコニコしている訳でもない。

このまま工藤と話していると根掘り葉掘り事情聴取じみた会話が続きそうだったので、男子トイレから逃げるように出たところ舞野と穂村が既に外にいた。

「なんで女子よりトイレ長いの～？」

「ふたりってそういう関係なのね……お幸せに」

舞野は純粋に疑問に思ったらしく首をひねり。

穂村は罵倒するために冷めた目を向けてきた。

反応したら負けのような気がするので適当に話題を提供した。

工藤も同感だったらしく俺の話にのってきた。

「配属先どこになることやら……」

「あ〜。場合によっては全員全国に散り散りになるらしいからな〜」

わざとらしい話題転換だったが舞野と穂村も無事にのっかってきた。

それだけ配属先のことが気になっているんだろう。

……そういえば瀬能先輩の所属ってどこなんだ？

本社《ここ》にいるってことは分かっているが、それ以外全く知らない。

さっき聞いておけばよかったとひとり後悔した。

「バラバラになっても私達ズッ友だよ♪　みたいな〜？」

舞野は自分で言っておいて「ウケる〜」とひとりで笑っていた。

こいつはどこに行っても絶対平気だと思う。もちろん工藤もだが。

「皆は配属先の希望どこにしたの？」

穂村は気持ち眉を顰《ひそ》めて言った。

その表情が何を意味するのかは分からないが、バラバラになることに少なからず抵抗はあるようだ。

そりゃ約1か月間も濃いスケジュールを一緒にこなしてきたのだ。

俺も少なからず抵抗はあるが、社会人となった今はどうしようもない。

「俺は特に希望は出してないな。どこに行ったってやることは仕事である以上変わらないからな」

「弓削って変なところ悟ってるよな。反応はあんなに初心《うぶ》なのに……俺はもちろん本社希望！　イチバン人多いし、ノリとコミュニケーションだけで生きるにはもってこいだろ？」

「さすが朝比気が合うね～！　私ももちろん本社希望だよ～！　理由は右に同じ～！」

「ちなみに私も本社希望。もしかしたら弓削くんだけ北極支店に飛ばされるかもしれないね……北極熊とお幸せに」

ねぇよ！　そもそも北極支店がねぇよ!!　それに北極熊とお幸せにってどういうことだよ!!　俺が食われておしまいじゃねぇか！　……あっ、そういうことか。

そんなどうしようもないやりとりをしながら俺達は辞令交付式に臨んだのだった。

◇◆◇◆◇◆◇◆◇◆◇◆◇◆◇◆◇◆

辞令交付式を終え、各々《おのおの》の配属先が判明した。

最終的に俺達の配属先はどうなったかと言うと……、

「皆《みんな》本社でおめでと～記念！　かんぱ～い！」

ということである。

ちなみに本日のスケジュールを全て終えた俺達は4人で居酒屋に飲みに来ていた。このメンバーで来たのは今回が初めてなので結構楽しみだったりする。

明日からは皆配属先の部署で実務研修《OJT》が始まるので、ひとつの区切りとしてだ。

舞野の乾杯の合図に合わせて皆で「乾杯！」とジョッキとグラスをぶつけあう。

俺は生中で工藤はレモンサワー。

そして女子ふたりは意外なチョイスだった。

ドS穂村はまさかの可愛らしいカルーアミルクをチョイス。

次いで舞野がこれまたまさかの国産ウィスキー10年物をロックでダブルという渋過ぎるチョイスだった。ワイルド過ぎるだろ……。

勝手なイメージではドS穂村がウィスキーで舞野が女子らしいカルーアミルクという想像をしていたので、俺の中で舞野が実はカッコイイ指数がうなぎのぼりである。

後は穂村もドSだが実は女の子らしくて可愛いと思う指数が右肩上がりだ。

「俺と旭陽が営業部第1課と第2課で穂村ちゃんが総務部人事課、そんで弓削が総務部総務課か～」

「お前らふたりは適材適所って感じだな」

W《ダブル》あさひのコミュニケーション能力はどう考えても営業向きなので、このふたりなら大活躍しそうな予感がする。

「確かにやかましい……じゃなくて、うるさいふたりには向いてるかもね」

穂村も同意見なのか、カルーアミルクをちびりと飲んでからひとり頷いていた。……おい、結局ただの罵倒になってんぞ。

「またまた～！　私は咲良のことが心配で心配で仕方ないよ！　夜も気になってグッスリ8時間くらいしか眠れないかも～」

「俺も心配かも！　穂村ちゃんが人事課ってことは今後俺らみたいな新入社員の面接とか研修も担当するわけじゃん？　これから入ってくる新入社員全員がドMしか採用されなさそうで今から不安だわ」

「別にドMじゃなくても問題ないでしょ。どうせ私が調教するんだから」

……俺は察した。

穂村の見た目に騙《だま》された人事課への配属ミスを。

こいつが言うと割と本気に聞こえるのが怖い。

想像したくもない。まだ見ぬ後輩が全員ドＭ（調教済み）の光景なんて……。会社潰す気かよ。

「後輩が皆穂村の手下とか怖いからやめてくれ」

「手下じゃなくて召使い《サーヴァント》」

お前は一体何になりたいんだよ？

あれか、その両手で大事そうに持っている聖杯《カルーアミルク》（ただのグラス）を争う戦争でも起こしたいのか？

　ふざけた妄想をしつつ生中を飲み干したので、周りを見やる。

　穂村《マスター》は８割以上残っていて、工藤も同じく半分ほど残っていた。

　……ビビったのが一番度数の強いウィスキーの、それも量の多いダブルを飲んでいた舞野のグラスが空になっていたことだった。

　それでいて舞野は顔色ひとつ変えずに「サーヴァントとかウケるんだけど～！　……ところでサーヴァントってなに～？」とひとりでマイペースに笑っていた。

　化け物《バーサーカー》かこいつ。

「俺次頼むけど、舞野はどうする？」

「う～ん何しよっかな～？　弓削くんメニュー見せて！」

「はいよ」

「弓削も旭陽もペース速いな～。潰れたら置いてくぞ？」

　工藤が笑いながらお通しをつまみ、穂村は相変わらずカルーアミルクのグラスを両手で持ってちびちび飲んでいたと思ったら……、

「なんで私には次って聞いてくれないのよ⁈」

　急にプンスコと怒り出した。

　よく見ると顔がほんのりと赤くなっている。

……間違いない。気持ち程度のカルーアミルクで穂村は酔ったみたいだ。ドSなのに意外と可愛いところがある。

「まだ入ってるだろ」

「こんなのすぐに飲んじゃうんだから！　見てなさい！」

「はいはい、やめとけやめとけ」

「でたぁ～！　酔っぱらい咲良!!　ムービー撮っとこ～っと！」

「穂村ちゃんヤバない!?　可愛さ爆発してるじゃん！」

グラスを持って一気飲みをしようとする穂村を向かい席の俺が押さえているというのに、Wあさひときたらこの状況を楽しんでやがる。質《たち》悪いぞこいつら。

これあれか。俺は今日酔っぱらったらマズいパターンか。

「カルーアの代わりにこれでも飲んどけ」

すぐにでも一気飲みをしようとしている穂村に、グラスになみなみ入ったお冷を渡して反応を見る。

「何これ？　私今日はお酒しか飲まないって決めてるんだけど！」

「日本酒だよ」

適当なことを言いながら飲むように勧めてみる。……氷が入っているのでどう考えてもバレる気しかしないが。

警戒するようにグラスを受け取った穂村は鼻を近づけて、クンクンと匂いを嗅いでいる。

これはさすがにバレたか？

「全然匂いしないのはどうして？　まさかお水じゃないでしょうね⁇」

「高い日本酒ほどクセが無くて飲みやすいからな。匂いもほとんどなくて水みたいに感じるかもしれないが、高い日本酒だから仕方ないんだよ。あと高い日本酒は量が飲めないから氷でかさ増しするんだよ」

「そうなんだ……日本酒初めて飲むから！　今から全部飲んじゃうんだから！　高いの全部日本酒だから！」

俺の「高い日本酒」というサブリミナルメッセージが効果を上げたのか、それともただ単に酔っぱらっているだけなのか、穂村は訳の分からないことを言いながらお冷を一気に飲み干した。

そして……、

「……ヒック。高い日本酒美味《おい》しい！　本当にお水みたい。……ヒック。冷たくて美味しかったから私も次同じのック……頼むから！」

冷水を一気に飲み干した刺激でなのか、しゃっくりを何度も繰り返しながら虚《うつ》ろな瞳でグラスを掲げる穂村。

「ウケる〜！　咲良超可愛い♪」

「これ後でムービー見せたらキレられるやつじゃん……弓削が！」

酒が少なからず入っているからかWあさひはたがが外れたように爆笑していた。

このアホども暢気《のんき》に笑いやがって。怒られるのはお前らだろうが。

それから2杯目の注文を終えたところで、酔っぱらっている穂村がだらけた表情のまま俺に話し掛けてきた。

「今日のお昼チキン南蛮のチキンマニア！」

顔がゆるんゆるんになっている割に語調は強い。……酔っぱらいの典型だった。

「チキンマニアですが何か？」

「チキン南蛮は美味しかったのかー？　美味しくなかったのかー？　どっちなのかー!!」

「美味しかっ――」

「――うるせーっ！　そんなことはどうだっていいんだから！」

ひ、ひどすぎる！

理不尽過ぎるドS穂村！

聞かれたので答えようとしたら言葉を遮られた挙句「どうだっていいんだから！」と何故か怒られた。

対面に座る穂村は日本酒（お冷）が入ったグラスを片手に「瀬能先輩と一緒に食べるチキン南蛮は美味しかったか聞いてるんだよ！」と更にくだを巻いている。

やっぱりこいつも見てたのか。

「最高に決まってるだろ！」

「――ばかーっ！　チキン南蛮に謝れー！　私にも謝れーっ!!」

本日２度目の唐突な理不尽が俺を襲った。

……むしろ俺に謝れー！　迷惑かけてごめんなさいって謝れーっ!!

まだ飲み始めて１時間も経っていないというのに、もうめちゃくちゃな場の荒れようだった。

穂村は「高い日本酒は美味しい！」とか言いながら日本酒（お冷）をゴクゴクと飲み干し。

Ｗあさひは相変わらず腹を抱えて涙を流しながら大爆笑している。

カオス過ぎるだろ同期の飲み会。

いや、これもう飲み会じゃなくて酔っぱらった穂村を全員で微笑ましく見守る会になってるだろ。

「すみませんでしたー！　私が悪うございましたーっ！」

ひとまず訳も分からないまま謝罪を口に。

関係ない爆笑コンビのふたりも何故か「「すみませんでしたー！」」と面白がって謝っていた。

お前らが謝るんなら今のこのポジションを俺と代われ！　俺だって酒飲みながら暢気に爆笑したいんだよ！

「許す！　眠い！　おやすみなさい！」

――そしてその言葉を発した後、穂村は横にいた舞野に「あさひ、枕！」と催促するように告げて、膝を枕代わりにして急に眠りについたのだった。……マジでカオス過ぎるだろ。

荒れに荒れた（穂村だけだが）昨晩の飲み会から一夜明け。

今日からついに配属先での実務研修《OJT》が始まる。

本社残留となった新入社員全43名を対象に、実務研修《OJT》に向けての説明会が朝一から行われるということで、俺と工藤は休憩スペースで集合時刻になるまで時間を潰していた。

「昨日はお疲れさん！　介抱役がいてくれて楽しく飲めたわ〜」

「俺ひとりに押し付けたこと絶対に許さんからな！」

「その後の2軒目は俺が出したんだから許して〜！」

結局昨日の飲み会は1軒目で穂村が潰れたので舞野が連れて帰り、俺と工藤は野郎ふたりだけで2軒目へハシゴしたのだ。……ちなみに穂村はカルーアミルク1杯で潰れていたが、舞野はウィスキーロックやら泡盛やらの度数が強いものばかりを10杯近く飲んでいたが、ケロッとしていた。間違いない、舞野は化け物《バーサーカー》だ。

……2軒目を奢《おご》るからチャラにしてほしいと工藤が言い出したので、せっかくだからとありがたくゴチになった。

なんだかんだ酔っぱらった穂村は可愛かったし、Wあさひとも面白い話ができた。なので実際は「俺ひとりに押し付けたこと絶対に許さんからな！」というのは、パフォーマンスだったりする。

もちろんコミュ力お化けの工藤も俺が本気で言っていないことを当然のように理解しているらし

く、軽く笑ってから「話は変わるけど」と話題転換を図った。

「弓削って瀬能先輩の所属部署知ってんのか？」

「知らないな……工藤は知ってるのか？」

工藤に言われてから改めて思う。

俺は瀬能先輩のことをほとんど知らない。

知っている……分かっていることと言えば、冷静沈着《クール》で容姿端麗な美女。その上仕事がデキて、優しくて、尚且《なおか》つカッコイイってことぐらいだ。

瀬能先輩は完璧過ぎる。

ただ、ほとんど外見イメージのようなものでそれ以外は全く知らない。

それこそ所属部署はおろか、平なのか役付きなのかすら知らない。

本当は昨日偶然昼食で一緒になった時に色々と聞いておくべきだったのだ。

……不意な再会で緊張したとは言え、今更後悔しても遅いんだがな。

「知ってるぞ？　じゃなきゃプレゼン大会3連覇の情報とか仕入れられないだろ」

「そ、そうなのか……知ってるのか」

何食わぬ顔でごく当たり前のように言う工藤。

俺もどう反応していいのか悩んだ挙句、不自然な反応をしてしまった。

素直に教えてほしい。

正直に答えてほしい。

だがこんなことを言ったら勘繰られそうだ。

ここはそれとなく聞き出すのがベスト……、

「先に言っておくけど、俺は言わないからな？　どうせこの後すぐ分かるからな～」

「……次はお前が穂村の介抱役をやれ」

よし。こいつのこと殴ってもいいか？

俺が知りたがっているのを絶対に分かってて言ってやがる。

まごうことなき確信犯だ。

……確信犯死すべし、慈悲は無い！

とりあえず次回は穂村の介抱役＆飲み代おごりで勘弁してやろう。

「八つ当たりするなよ。どっちみち俺は適任者じゃないからできないぞ？」

適任者ってどういうことだよ？　俺だって不適任だろうが。あの場で適任者と呼べるのは同性の舞野くらいだろう。

工藤の「適任者」という言葉に内心で首を傾《かし》げていたら、休憩スペースに舞野がやってきた。

「おはよ～！　昨日は楽しかったね！　……咲良の反応が！」

「旭陽おはよ！　穂村ちゃんもおは～！」

「おはようさん。昨日はお疲れ様」

その後ろには舞野の陰に隠れるようにトボトボと俯《うつむ》きながらやってきた穂村が、俺の反応を窺《うかが》うように黒縁メガネの奥から上目遣いにこっちを見てきた。

「おはよう……昨晩の記憶が全く、一切、これっぽっちも無いから聞きたいんだけど……私、弓削くんに迷惑掛けた？」

見た目がいつも以上におどおどしている上に舞野の服の裾を不安そうにギュッと握っていることから、普段よりも３割増しで可愛く見えた。

このまま喋《しゃべ》らないで毒舌を吐かないんだったら間違いなく男からモテる気がする。

「いや、掛けられた覚えはない」

あの程度の酔っぱらいより普段の罵倒の方が迷惑なんだが……なんて冗談で言ってみようかと思ったが、心底心配そうにこちらを見つめる穂村と目が合い、やめた。

俺の言葉に明らかにほっとしてから「それならよかった」と話を続ける穂村。

「……それと私、変なこと言ったりしてなかったかな？」

「俺を相変わらずチキン呼ばわりしてたくらい……っていつものことか」

「うん……いつものことね」

そう言って笑みを浮かべた穂村は「また……飲み会に誘ってもらえると嬉しいかな」と恥ずかしそうに呟いた。

いつもやかましいはずのＷあさひは黙ったまま微笑ましいものを見るように相好を崩し、不覚にもドキリとさせられた俺は誤魔化すように話を続けた。

「どうせ俺ら全員本社組だからな。この先穂村が嫌になるほど飲みに行くことになると思うぞ」

「そうそう！　なんたって俺と旭陽がいるからな！　酒が飲める酒が飲める酒が飲めるぞ！」

「酒が飲める飲める飲めるぞ♪　って感じでね！」

「酒が飲め——」

「——うん。ありがとう。工藤くんうるさいから続き歌わないで」

普段通りの調子に戻った穂村がすかさず工藤に対して毒づき、それに対して「ありがとうございます！」というもはや様式美となりつつあるやりとりを、俺は笑いながら見守ったのだった。

実務研修《OJT》の説明を終えた俺達は直属の上司となる配属部署の課長に連れられて各々散らばっていった。

——ついに実務研修《OJT》か。緊張するな。

俺のところに来てくれたのは白髪《しらが》頭で柔和な笑みを浮かべてる優しそうなおっちゃんだった。

纏う雰囲気は柔らかく小太りなところも相まってか、七福神のえびすさんにしか見えない。

「弓削くんだね？」

「はい」

「僕は総務課のユニットリーダー《UL》をやらせてもらってる——恵比寿大福《えびすだいふく》だよ。よろしくね」

「よ、よろしくお願いします！」

社員証には本人の顔写真と共に確かに、恵比寿大福と書かれていた。

……本当にえびすさんだった件について。

似合い過ぎている。

名字もさることながら名前もまたピッタリなのだ……どことは言わないが。

ちなみにユニット《U》リーダー《L》というのは課長のことだと人事研修で聞いていた。

人によっては課長呼びを使う人もいるし、UL呼びを使う人もいるとのこと。……どっちかに統一してほしいと思ったのは言うまでも無いだろう。

「そんなに緊張しなくても大丈夫だよ。さっそく皆のところに紹介に行こうか」

「はい」

前を歩くえびすさん……じゃなくて恵比寿課長。

後ろを歩いていると名状し難い安心感が俺を包んでくれる。

間違いない。恵比寿課長は絶対に癒し系だ。

だからなのかすれ違う他の社員達に「恵比寿《えべっ》さん今日も良い笑顔してますね」だの「課長〜！今日のお昼、前に話したあんみつ食べに行きましょうよ〜！」と、課長とは到底思えないフレンドリーな感じで声を掛けられていた。

「あっそうだ、弓削くんは甘いの好きかい？」

「えっ？　まぁ、人並みには好きです」

「そうかそうか。それは良かった。――はい、飴《あめ》ちゃんあげる」

そう言ってスラックスのポケットからミルク味の飴を取り出し、俺に手渡してくれた。

「あ、ありがとうございます」

「後は最近マイブームのパインの飴ちゃんとバターコーヒーの飴ちゃんもあげる。このパインの飴ちゃんは甘さ控えめでスッキリしていて美味しいから、ちょっと今食べてごらん」

「は、はい」

スーツのポケットと持ち歩いていたポーチ？　のようなものから更に別の飴ちゃんをぽいぽい出す恵比寿課長。

もしかしてこの人はポケットごとに別の種類の飴を入れているのだろうか？

パイン飴の封を切って渡してくれたので、言われた通り口に運んだ。

口内に広がるフルーツ特有のスッキリとした自然な甘みが緊張していた俺の身体に染み渡る。

「どうだい？　少しリラックスできたかい？」

「はい！　ありがとうございます」

「それはよかった」

飴を舐《な》めたことによって高まっていた緊張感は確かに薄らいできていた。

急に飴を渡して食べるように促したのは、俺のことを気にした恵比寿課長なりの優しさだったようだ。

素直に嬉しい。

こんな優しい課長のもとでならこれから先も頑張ってやっていけそうだ。

そんなやりとりを行っていたらいつの間にやら総務課のオフィスに着いたらしく、恵比寿課長が立ち止まって手を振っていた。

「さて、着いたね。お〜い、皆、ちょっとこっちに集まってくれるかい？」

恵比寿課長の呼びかけで総務課の先輩方がこちらにやってきた。恵比寿課長を含め全11人の課のようだ。

女性が5人、男性が6人。男女比はほぼ半々。

「ごめんね弓削くん。君の教育係になる子がいるんだけど、前の会議が長引いているみたいでまだ来れてないみたいなんだ。あとでまた挨拶してもらうことになるけどよろしく頼むね」

「全然大丈夫です。承知いたしました」

「では、皆！　今日からうちの課に来てくれた弓削くんだ。うちとしては実に6年ぶりの新卒配属なので、皆優しく接してあげてね。では弓削くん何か一言お願いできるかな？」

まだあとひとり先輩がいるようなので全12人の課で確定した。

しかもこの場にいない人が俺の教育係になるのか。

……頼む！　強面《こわもて》なおっちゃんは勘弁してくれ！

これからお世話になる先輩方への挨拶になるのでキッチリと決めたい場面だ。

恵比寿課長の飴ちゃんのおかげで過度な緊張はない。……ただ唯一の不安としてはまだ口の中に飴ちゃんが残っているので、喋っている最中に飛び出さないか心配なことぐらいだ。

それと6年ぶりの新卒配属と言うことは瀬能先輩と同期の人がいるってことか……、

「はい！　──ゲホッゴホッ!?」

やらかしたぁぁあああ!!

ちゃんとしたい場面だというのに余計なことを考えていた罰なのか、返事をしてから息を吸い込むタイミングで誤って飴を呑み込み、盛大にむせてしまった。

恥ずかしいのと、苦しいのとで涙目になりながら死にそうな声で何とか伝える「す、すみま、せん……飴ちゃんを、呑み込んでしまって」と。

──って俺なに言ってんだよ!!　今は飴ちゃんのことなんてどうでもいいだろ!!

誤って呑み込んだことにより焦ってしまい。

盛大にむせたことで軽いパニックを起こし。

最終的にはとっさにな、何か言わなくては！　と思った結果が今の言葉だった。

「だ、大丈夫かい？」

「新卒の子って初々しくてかわいいわね〜」

「おいおい、しっかりしてくれよひよっこ」

「す、すみません！　もう大丈夫です」

恵比寿課長が焦ったように背中をさすってくれ、先輩達は心配するように声を掛けてくれた。何人かの女性の先輩は微笑みながら俺のことを眺めていたので死ぬかと思った……主に羞恥心によって。

「改めまして――弓削明弘と申しま――えぇッ!?」

気を取り直して挨拶をしようとしたところで、俺の視界にある人物の姿が映った。

驚きのあまり思わず声を上げ、挨拶中だということすら忘れて固まる俺。

……どうしてこんなところに――瀬能先輩が!?

いつも通りと言えるほど瀬能先輩を見ている訳ではないが、今日もキリリとした身の引き締まるような空気を纏い、カッコよさが溢れているのが確かに感じ取れる。

ハーフアップのサラサラとした黒髪を揺らしながらこちらに近づいてくる瀬能先輩。

ミディアムヒールのパンプスが奏でる足音さえカッコよく聞こえてしまうのは俺がおかしいのだろうか？　……こんなことを考えている時点で間違いなくおかしいんだろうな。

「――課長、遅くなりまして申し訳ございません」

「おぉ、瀬能くんナイスタイミングだね。今からちょうど弓削くんの挨拶なんだ。教育係の君が間に合ってくれてよかったよ」

……え？　恵比寿課長、今なんて言った？　瀬能先輩が俺の教育係？

瀬能先輩に強く憧れるあまり俺は白昼夢を見ているらしい。

そんな俺に都合の良いことなんてある訳ないのだ。

そもそも瀬能先輩の所属部署すら知らないんだぞ？　……もしかして工藤あたりが瀬能先輩に頼み込んで俺をドッキリにでもハメようとしているのか？

……そんな訳ないよな。

マジで現実なのか??　ここはベタに頬《ほ》っぺたでも引っ張ってみるべきか？

「……お～い？　ひよっこ？　急に固まってどうした？」

「あっ、すみませんちょっと緊張してしまって」

「弓削くん緊張することはないよ。君は今日から総務課の仲間なんだから」

「そうだぞ。お前は俺達の後輩なんだからな」

さすがに頬っぺたを引っ張るのはどうかと思ったので止《や》めた。

とっさに緊張したと告げたが、それは瀬能先輩に見られていることが原因なので、恵比寿課長と40代くらいの男の先輩が励ましてくれたことに、若干の罪悪感を覚えた。

憧れの人に見られている……これはありえないプレッシャーなのだ。

しかも新入社員代表の答辞とは違い非常に近い距離で、だ。

頭が真っ白になる。

何を言えばいいのか、どうすれば好印象に見られるのか……そんなことばかりを考えてしまい思考回路がパンクした。

「えっと……私は、弓削明弘と申します……」

とりあえず場を繋《つな》ぐために名前を言ったがその先が出てこない。

何度も言葉を捻《ひね》り出そうとするが「よろしくお願い致します」ぐらいしか見つからない。

平時ならいくらでも考えられるのに……くそ！

「――がんばれ後輩くん」

「あ、ありがとうございます！　……本日よりこちらの総務課所属となりました。右も左も分からず皆様には迷惑をおかけすることが多々あるかもしれませんが、一日も早く仕事を覚えて戦力になれるよう一生懸命頑張りますので、ご指導のほどよろしくお願いいたします！」

……不思議だった。

瀬能先輩にたった一言「がんばれ」と言われただけで、詰まっていた思考回路は川のように流れ出し、自然と意気込みが口から湧いて出てきたのだ。

先輩達が拍手をしてくれる中、瀬能先輩を見たら……、

「………」

口《くち》パクで俺に何かを伝えようとしていた。

ただそれだけの仕草なのに瀬能先輩がやると凄くお茶目に見える。

普段のキッチリとした雰囲気からは想像もできないギャップだったからだ。

見間違えでなければ瀬能先輩は確かに「弓削くんもカッコイイよ」と口《くち》パクで言っていた気がするのだ。

お世辞だとしても嬉しい。まぁ、冷静に考えて100％リップサービスだろうけど。

……だがそれでも俺のヤル気は急上昇だ。単純な男かもしれないが、憧れの人にそう言ってもらえるのはやっぱり嬉しい。

っしゃぁぁぁ！　これから死ぬ気で頑張るぞい！

ちなみに俺がこの時の口パクの答えを知るのはまだ先のことだったりする――。

【第2章】新入社員歓迎会

総務課に配属となり、今日で3日目。

他の先輩方と色々話すようになって分かってきたことがかなりあった。

それは何と言っても俺の教育係である瀬能先輩の凄さについてだ。

まずどうして総務課だけ6年間も新卒の配属が無かったのかということだが……早い話、瀬能先輩が優秀過ぎて人が割り当てられなかったとのことだった。

冗談みたいな話だと思ったがどうやらこれが本当のことらしく、同じ総務部の人事課に配属になったドS……じゃなくて穂村にそれとなく聞いたら「瀬能先輩がひとりで複数人分の仕事をテキパキと無駄無くこなすから、人事課長が冗談で総務課は瀬能がいれば新卒不要って飲み会の席で上層部に言ったら、本当に配属停止になったみたい」と、苦笑しながら言っていた。……いや、ほんと冗談より質悪いだろ。

そこでひとつ分からなかったのが、瀬能先輩がいるというのに俺を総務課に配属した理由だ。

なんでだ？　と、新卒《ぺーぺー》の俺が考えても答えは出ないし、だからといって恵比寿課長に聞くのはありえないので、結局真相は闇の中だが。

……それと以前工藤から「最高経営責任者《CEO》表彰を前人未踏の3年連続で受けてる」という話は聞いていたが、その詳細などを先輩達から聞いた。

俺は知らなかったのだが、瀬能先輩が入社する前までは総務課というのは陰で雑用部隊と言われていたそうだ。それは何もうちの会社だけに限ったことじゃないらしく、俺も試しにネットで、総務課、と検索をかけてみたら……雑用係だの何でも屋だのとネガティブなことがかなり書かれていた。中には「雑用係の総務に配属になったので仕事を辞めたいのですが……」なんて質問も投稿されていて、軽くショックを受けたりもしたが……。

とにかくそんな扱いの総務課だったのだが、それが今では陰で戦略部隊と呼ばれているそうだ。これは営業部に配属になった工藤と舞野、それに穂村にも言われたので間違いないらしい。なんでも瀬能先輩が取り組んでいる総務課発の業務改革であったり、様々なプロジェクトが全て大規模な効果を上げていることが一番の要因だとか。

数々の取り組みを成功させて色々な社内表彰を受けている瀬能先輩だが、その中でも最高経営責任者《CEO》表彰をされた3テーマは凄かった。

ひとつ目は面白い取り組みで、体重計や計測器の大手メーカーであるタミタとコラボレーションして、ヘルシーワーキングライフ、なる社食の定番メニューを追加したことだった。ちなみにメニュー名は社員や食堂従業員からはもっぱら——看板メニュー《スペシャリテSS》瀬能芹葉——と呼ばれているらしい。

……さすがは瀬能先輩である。メニュー名になるとか、カッコ良過ぎるだろ。

効果としてスペシャリテSSが追加されたおかげで、デスクワークが基本のうちの会社で問題になっていた、メタボの社員数が大幅に減ったとかなんとか。その他にも有名な栄養士専門学校と製菓調理専門学校《パティシエ》に監修してもらって、カロリーを考慮したデザートメニューも開発したりと様々なことをやっていた。

余談だが昨日食堂に行った際「スペシャリテSSください」と言ったら「SSで分かるよ」と、食堂のおばちゃんにごく普通に通じた上に、更に通称で返されて笑いそうになったのは言うまでも無い……。

ふたつ目はRPAと呼ばれるツールの導入だった。

RPAとはロボティクス・プロセス・オートメーションの略で、要約するとPC上で行う承認や判断を必要としない定常業務を全自動で行ってくれるツールのことだ。書類の作成から回覧、フォルダ格納など全てボタンひとつで業務が完了するのだ。

今ではこのツールは広く世に知られており、新入社員の俺ですら聞いたことがあるものだが、瀬能先輩はこれに数年前の黎明期から目を付けて、外部ベンダーと共同でイチから構築したらしい。

……本当に瀬能先輩は何者なんだ？

このツールを導入したことによって総務課だけではなく全社的な定常業務の自動化を実現し、約50の業務工程をRPAに置き換え、その効果は何と年間で2万時間の労働時間削減に繋がったとのことだった。

このＲＰＡ導入は昨今の残業時間の見直しや働き方改革の流れよりも前に実施していたので、社内では——世間の趨勢《トレンド》と瀬能の流行《ヴォーグ》先読みは連動している説——がまことしやかに囁《ささや》かれているらしいのだ。……なのでそんな瀬能先輩だからこそほんの些細なことをするだけでも、その一挙手一投足には常に社内のお偉いさんが注目しているんだとか。……ちなみにこのツールも裏では——全自動瀬能式《ＦＡＳ》——などという名称が付いており、通称ＦＡＳ《ファス》と呼ばれている。……誰だよ全自動瀬能式とかダサイ名前つけたやつ？

そして最後はＡＩによるコールセンターの業務効率化だった。……もはや瀬能先輩は総務課を跳び越えて仕事をしているような気がする。まぁ、だからこそ戦略部隊と呼ばれているんだろうけど。

基本的にはオペレーターのサポートを行ってくれる、音声認識とＡＩエンジンから構成されている。音声認識で顧客の用件を理解し、ＡＩエンジンが1万通りにもおよぶ対応マニュアルのデータベースから最適な回答を検索し、僅か数秒でオペレーターが操作するＰＣ上にそれを表示してくれるのだ。

これによりオペレーター業務が未経験の方でも対応マニュアルを記憶する必要がなくなり、尚且《なおか》つ問い合わせに対して迅速な回答も可能になったので、満足度と働き手不足が同時に解消されたのだ。

……そしてなんとこのＡＩには瀬能先輩が自ら名前を付けているのだ。

あんなにも凛々しい瀬能先輩が付けた名前なので、さぞカッコイイものなのだろう……そんな期待をしながら教えてもらったら……なんと！

ＡＩサポーター——**しゃーもん**——という名前だった。

……うん。正直、全自動瀬能式《FAS》の方がよっぽどマシな気がするのは俺だけではないだろう。

きっと完璧過ぎる瀬能先輩の唯一の欠点は……ネーミングセンスの無さなのかもしれない。

その当時（といっても去年らしいのだが）の出来事を恵比寿課長が「ここだけの話だよ？」と笑い話として教えてくれたのだが、瀬能先輩が導入したＡＩに——**しゃーもん**——と名付けたことをサプライズで発表した場が……まさかの全社プレゼン大会の本番だったらしい。

その場にはもちろん最高経営責任者《CEO》を筆頭に全経営陣がいたので、プレゼン後の非公開の選考の場で「2年連続で最優秀賞を獲ったあの瀬能が、ご乱心したぞ!?」と騒然となり、結果として瀬能先輩の上司である恵比寿課長と総務部長とそのまた更に上の本部長が呼び出されて「瀬能のフォローをちゃんとしているのか？」と、怒られたとかなんとか。

……そんなご乱心疑惑があったものの、問題だったのは名前《ネーミング》だけで、最終的にはとてつもない効果を叩き出していたので満場一致で瀬能先輩が最優秀賞である最高経営責任者《CEO》表彰に選ばれ、その後「瀬能社員をプレゼン大会初の殿堂入りとする」という発表がされたのだとか。なんでも瀬能先輩が別格過ぎて連続受賞してしまうので、他の社員の「今年もまた瀬能か……」というモチベーション低下を避けるためにとられた異例の対応らしい。……強制的に殿堂入りさせられるとか、もはやカッコイイを飛び越して惚れるまである。

それと気になる――**しゃーもん**――の意味だが……遮二無二黙々と頑張るＡＩエンジンの略らしい。全くもって意味は分からないし、このー（長音符）が一体どこから現れたのかは謎だが、きっと俺みたいな凡人には理解できない崇高な真意が隠されているんだと思う。……恐らく、多分、きっと。

とりあえず――**しゃーもん**――の真相はおいておくとして、こんな感じで瀬能先輩は未《いま》だかつてない成果を何度も上げていて、本社《ここ》だけでなく全社的にも知らぬ人はいないというレベルの有名人だったのだ。そんな人が教育係をやってくれているなんて、俺はなんて幸せ者なのだろうか。そんな考えと同時に、絶対に瀬能先輩の顔に泥を塗る真似は許されないと心の中で強く思った……。

――話は戻るが、３日目の本日は金曜日で総務課内の新入社員歓迎会がある。

もちろんメインは俺。

幹事は飴ちゃん大好きで癒し系の恵比寿大福《えびすだいふく》課長である。

「瀬能先輩おはようございます」

ひっそりとしたオフィスに俺の声が響く。

新入社員は早目に出社した方が良い、という暗黙のルールのもと毎回一番乗りするつもりでオフィスに来ているのだが、必ず瀬能芹葉《せのうせりは》先輩がいるのだ。

この3日間で毎日10分ずつ早め、計30分早く出社したというのに……今日も今日とて瀬能先輩よりも早く来ることはできなかった。

時刻は丁度7時。

隣席の瀬能先輩もさすがに出社したばかりだからなのか、いつものキリッとした空気ではなく、心なしか気《け》だるげな雰囲気が漂っていた。

……アンニュイな雰囲気を纏う目の覚めるような美女。

当たり前のことだが――最高に決まってる！

「……弓削《ゆげ》くんおはよ」

……えっ!?　瀬能先輩が「おはよう」とちゃんと言い切らなかった……だと!?

もしかしてまだ朝早いから頭が起きてないのか？

いや、身なりはシワひとつないスーツ姿でビシッと決まっているし……これは一体どういうことだ？

俺の挨拶にこっちを見た瀬能先輩は確かに眠そうだった。

言葉で表すのが難しいのだが、まず瞳がどことなくとろんとしている。

おまけに小動物のような可愛らしい仕草で目をコシコシと両手で擦《こす》っていた。

――不意打ちである。

ただ目を擦っているだけで可愛く見えるのは反則じゃないか？　カッコイイ瀬能先輩はいずこに!?

「せ、瀬能先輩眠そうですね」

既に2日間瀬能先輩について回っていたので、以前のような過度な緊張はしなくなったのだが、今日の様子はちょっと隙がある感じがして今までにない変な緊張感があった。油断していたら変な叫び声を上げかねない、そういった類《たぐい》の緊張感だ。

「……ふぁぁっ……ねむい」

あ、あれぇぇぇ!?

瀬能先輩が……なんて言うか。瀬能先輩らしくないぞ!?

なんか別人のようにぽわ～んとしている気がする……。

目を擦り終えた瀬能先輩はそのまま両手で口元を隠して、恐らくあくびをしていた。その証拠に目尻には雫《しずく》が溜《た》まっている。

言うまでも無くその仕草もいつもの凛とした姿からは、到底想像もできないような愛らしいものだった。

それに漏れ聞こえる微かな吐息がやけに色っぽくてドキリとしてしまった。

「…………」

未だかつてない可愛らしい一面を見てしまい、声を上げることもできずにひとりでフリーズしていたら、瀬能先輩が鞄《かばん》からガサゴソと何かを取り出した。

見ればそれはお弁当包みだった。

結びを解き、小さなお弁当箱を一度どかしてから丁寧に折りたたむ瀬能先輩。

隣席で見ていて気になったのだが、お弁当包みが少し変わったデザインだった。

淡い白藍色の生地にデカデカと毛筆で書かれた呑兵衛殺しの文字。

……呑兵衛殺しか。確かそんな名前の日本酒があったような気がするけど、なんで瀬能先輩がこんな硬派なやつを使ってるんだ？

普段のクールな瀬能先輩なら案外似合っているように思うが、今の眠たそうな様子にはアンマッチだったので少し笑いそうになってしまった。

「……朝ごはん、たべる」

それから独り言のように呟いた瀬能先輩。

その声音は眠気が濃く溶けていて、お弁当箱の蓋を開ける動作も緩慢なものだった。

おしぼり代わりのウエットティッシュでゆったり丁寧に手を拭いて。

小さなお弁当箱から取り出したのは、これまた小さなおにぎりだった。男なら間違いなく一口でいける可愛らしいサイズ。

「いただきます」

瀬能先輩は一口サイズのおにぎりを大事そうに両手でちょこんと持って、小さく開いた口でゆっくりと食べ始めた。

もぐもぐ。

もぐもぐもぐもぐ。

もぐもぐもぐもぐもぐもぐ……。

ボーっとしたままいつまでも飲み込まないで、もぐもぐしている瀬能先輩。

その様はなんだかリスっぽく見えた。

……マジか……可愛過ぎかよ。

「ぐっ……具はなんですか？」

それからたっぷり1分ほど経っても、もぐもぐするばかりで全然飲み込まなかったので、少し心配になって話し掛けてみた。

そうすれば飲み込んでくれると考えてのことだったのだが……、

「……ほへふへーふ」

口を閉じたまま瀬能先輩が何かを言っていた。……多分具について何か言っているんだろうけど、笑いを堪《こら》えるのが辛《つら》い！

「ほへふへーふ？」

「……ほ・へ・ふへーふ」

「ほ・へ・ふへーふ？」

「……ふんふん……ほ……へ！」未だにもぐもぐしながら顔を横に振る瀬能先輩
「……ほへ……あぁ～。美味しいですよね」

──全然分からないッ!?

まったく分からないッ!?

瀬能先輩が一生懸命「ほへふへーふ」と言っていることしか分からないッ!!

自分から聞いておきながら理解することを諦めた俺はとりあえず分かったフリをしておいた。

……でないと永遠に「ほへ？」「ほへ！」といったやりとりが続きそうだったからだ。

結局瀬能先輩が食べているおにぎりの具が何か判明することなく、早朝のもぐもぐタイムは終了したのだった。


「──ごちそうさまでした」

瀬能先輩は結局のんびり10分ほどかけて、小さなおにぎりを完食した。

一口あたり一体どれだけもぐもぐしていたのだろうか？

割とどうでもいい疑問が頭をもたげたが、そんなことよりもずっと気になっていたことがあったのでそれを尋ねてみる。

「おにぎりの具はなんだったんですか？」

「………」

俺の問い掛けに顔をこちらに向けた瀬能先輩。

何故か黙ったままだったので、まじまじと見たら大きな目が更に見開かれていた。

表情の変化はただそれだけだったが、恐らく驚いているらしい。

……なんでだ？

「あの、瀬能先輩？」

「……弓削くんおはよう」

「え……あ、おはようございます瀬能先輩」

瀬能先輩は一度したはずの挨拶を再度口にした。まるで何事も無かったかのように……。

そこはかとなく漂う微妙な空気。

なんだ？　会話がズレているような気がする。

「弓削くん」意を決したような面持ちの瀬能先輩
「は、はい！」

「いつからいたの？」真剣な眼差しの瀬能先輩
先程までの可愛らしくてぽわ～んとしていた姿は幻だったのかと思うほど、普段よりも遥かにカッコよくて凛々しい瀬能先輩がそこにいた。

——これだよ！　これが瀬能先輩だ！　このカッコイイのが瀬能先輩なんだよ！

不意打ち気味な可愛さにやられかけていた俺は、冷静沈着《クール》な瀬能先輩が返ってきたことに内心で喜んだが……未だに理解できないことがひとつあった。

「どういうことでしょうか？」

見た目は平時の冷静沈着《クール》な瀬能先輩に戻ったが、その質問の意図が分からなかったのだ。

俺がオフィスに来た朝一の時点で挨拶をしているはずなのに「いつからいたの？」という言葉の真意が読めない。

以前工藤も言っていたが、思考を読ませないミステリアスな瀬能先輩は本当にカッコイイ。

きっと俺が想像もつかないようなことを日々考えているのだろう。

「……ん。なんでもないから気にしないで頂戴《ちょうだい》。それより、今日は弓削くんの歓迎会ね」

「はい。楽しみです！　それで瀬能先輩、おにぎりの具――」

「――お魚釣りができる変わった居酒屋さんだと課長が言っていたわ」

……あれ？　なんか今話題をすり替えられたような？

俺の言葉に被《かぶ》せるように発言した瀬能先輩。

表情などは特に変わった様子もなく、ごく自然な所作でお弁当箱の蓋を閉じようとしていた。

逆に不自然だったことは強引に話を切り替えようとしたことだ。

「魚釣りができるんですか？　なんだか面白そうなお店ですね」

「そうね」

「ところでおにぎりの具――」

「――自分で釣り上げたお魚をすぐに調理して提供してくれるから、とても美味しいと評判のようね」

「新鮮だから美味しいってことですかね？　話は変わるんですが、おにぎりの――」

「――ええ。お刺身は特に食感が違うと口《くち》コミサイトのレビューにも載っていたわ」

ほんのわずかに眉を八の字にして困ったような表情を浮かべている瀬能先輩は、ハーフアップに纏めた毛先をくるくるといじったり、視線を右に左にと泳がせたり、徐々に落ち着きがなくなりつつあった。

俺はそんな姿を見て確信した。

理由は分からないけど瀬能先輩はおにぎりの具について黙秘したいらしい。……一体どういうことだってばよ。

ここまで頑《かたく》なに教えてくれないと却《かえ》って気になってくる。

ダメと禁止されるとついついやりたくなるような、そんな心理状態に俺は陥った。

「瀬能先輩」

「……なに？」ソワソワしながら首を傾げる瀬能先輩
「おにぎり――」

「――り、龍安寺《りょうあんじ》！」急にしりとりを始める瀬能先輩いや、本当にどういうことですか!?

俺はただおにぎりの具が知りたかっただけなのに、何故かしりとりが始まったんだが!?

「おにぎ――」

「――ぎ、銀閣寺《ぎんかくじ》！」やけに自信満々な声音で答える瀬能先輩

「おに――」

「――に、仁和寺《にんなじ》！」もはや余裕綽々《しゃくしゃく》で答える瀬能先輩

「お――」

「――お、お寺《てら》っ！」最後に引き締まった表情で言い切った瀬能先輩

なんで最後お寺で逃げたんですか!?　そのくせなんでそんなに「やりきった！」みたいな凛とした顔をしてるんですか!?

言いたいことは山ほどあったが、謎の寺縛りのしりとり（？）を制覇した瀬能先輩があまりにも誇らしげな仕草で、背筋をピンと伸ばしてからお弁当をしまい始めたので、ついに我慢できなくなって笑ってしまった。

そんな笑いながら怒る人みたいな反応は反則ですって！

「せ、瀬能先輩……お寺は反則ですって」

笑い過ぎて涙が出た。それほどまでに長く笑ってしまった。

冷静沈着《クール》なのにこんな面白い一面があるなんて……ますます瀬能先輩は完璧かよ。

まず100人中100人が納得するほどの美女。

おまけに冷静沈着《クール》でミステリアスでカッコイイ。

これに可愛いと面白いまで追加されるなんて……余計に憧れてしまう。

「それならば弓削くんはしりとりをしていなかったのだから、最初から反則でしょう？」

「それですよ！　どうしておにぎりの具を教えてくれないんですか？」

「……こど……いから……」

今度は突如しゅんとなった瀬能先輩が小声で何かを言ったが、ほとんど聞き取れなかったので
「すみませんよく聞こえなかったので、もう一度お願いします」と伝えた。

「……こどもっぽいって思わない？」

「おにぎりの具のことですか？」

「……そう」

「思いませんよ？」

おにぎりの具程度で子供っぽいと思うことなんてあるのだろうか？

ちなみにどうでもいいかもしれないが、俺は鶏五目が一番好きだったりする。……理由は言うまでも無いな。

「本当に？」

「はい」

「絶対に？」

「はい。絶対に」

そんなやりとりの後、瀬能先輩は何かを考えるように目を瞑《つぶ》ってから数回深呼吸を繰り返した。

何とも言えない緊張感が辺りを支配する。

こんなに瀬能先輩が緊張してしまうのなら、興味本位で強引に聞き出すんじゃなかったと今更になって後悔した。

――そして瀬能先輩はおもむろに目を開けると、恐ろしく真面目な表情を湛えて……口を閉じて、い、い、い、い、から言った。


「――ほへふへーふ」と。

……どう考えても今の行動の方が子供っぽいですよ、と思ったのはきっと俺だけじゃないだろう。

あれから何を聞いても頑なに「ほへふへーふ」としか言わなかった瀬能先輩。

終いには口を閉じたまま普通に喋り始めたので、

「ふへふんふふほひ」

「瀬能先輩、それ何語なんですか？」

思わず笑いながら素で聞いてしまった。

誤解のないように言っておくが、瀬能先輩はこれまで通りの身の引き締まるような空気を纏っているし、表情も口を真一文字に結んでいるのでいつも以上にキリッとした真顔である。

通常ならばカッコイイ！　となるはずだが、そんな状態で「ほへ」だの「ふへ」だのと言っているのだ。

普段凛々しい身近な人などで想像してもらえれば分かるかもしれないが……こんなことをされたら絶対に笑いを堪えることなんてできないのだ！

「……？　おにぎり――もぐもぐ語？」

やめてぇ！

追い打ちかけないでぇぇ！

息が……息が苦しい！

真顔のままちょこんと首を傾げた瀬能先輩の言葉に腹を抱えて笑ってしまった。

朝から笑い過ぎて頬が痛い。表情筋が悲鳴を上げているのが分かる。

「も……もぐもぐ語……瀬能先輩……息が苦し……」

「おにぎりの具は……ほへふへーふ……もぐもぐ語で教えたから、もう言わないわ」

両腕を組んで重々しい態度できっぱりと言い切った瀬能先輩。

その様子から察するに「これでこの話題は終わり」と言うことなのだろう。

「了解です」

俺としてもこれ以上聞くのはさすがにしつこいと思うし、何より笑い死にする可能性が充分にあるのでやめておこうと思う。

「ところで弓削くんは朝ごはんをちゃんと食べているのかしら？」

「朝ごはんですか？　お腹《なか》が空《す》いていたら食べるって感じです」

瀬能先輩がＰＣを立ち上げながら話題を振ってきた。

もしかしたら、まだ聞かれるかもしれない、と警戒して主導権を握ろうとしているような気がする。

「私の経験上、ほんのちょっぴりでもいいから食べた方が良いと思うわ」

「そうなんですか……ではこれからは朝ごはんを買ってきて食べるようにします」

「ええ。ちなみになのだけれど……今日は食べたの？」

タイピングしていた手を一度止めてからこちらを見た瀬能先輩。

俺も朝一のメールチェックをしていたが一旦中断した。

教育係の瀬能先輩からのアドバイスは俺の中で絶対なのである。

瀬能先輩が白と言ったら黒も白に変わるし、おにぎりの具が「ほへふへーふ」と言うのならば「ほへふへーふ」なのだ。

「食べてないです」

「……お腹減ってないの？」

誰よりも早く来るために朝早くから起きているのと、瀬能先輩がおにぎりを食べていたのを横で見ていたので、今頃になって若干空いてきた気もする。

だが我慢できないほど空いている訳でもないし、そもそも朝ごはんを買ってきていないのでどうしようもない。

「言われてみれば空いているような気もします」

「……そ、そう……減っているような気もしているのね」

今度は一転してこっちを見たまま凄い勢いでタイピングを始めた瀬能先輩。

俺と会話をしながら一体何を打ち込んでいるのだろう？　と何となく気になってモニターの画面を見てみたら……、

『おにぎり、揚げてみるべきかしら？　お腹が減っているのならばかわいそうだし、でも、他人が握ったおにぎりをいきなり私ても困らせてしまうだけかもしれないし、どうしたらいいの？』モニター画面

——瀬能先輩の心の声がダダ漏れになっていた。ところどころ誤変換になっているのはこちらに顔を向けていて、モニター画面を見ていないからだと思われる。

「——えぇッ!?　マジですか!?」

俺も思っていたことがそのまま口から飛び出して、つい大きい声を出してしまった。

……瀬能先輩が打ち込んでいたのは間違いなく心の声だ。

きっと会話をしながらメールを打とうとして、無意識に考えていることを打ち込んでしまっているらしい。

……も、もしかして瀬能先輩って実は……、

「どうしたの？　いきなり大声を出して？」真顔の瀬能先輩
『びっくりした！　すっごいびっくりした！』モニター画面
――天然、なのか？

俺がそんなことを考えている間にも、リアルタイムで更新されていく瀬能先輩の胸中の呟き《ツイート》。

「いや……その、ちょっとびっくりしたことがありまして」

「……そう。びっくりしたのね」

『私もびっくりした！』モニター画面
……もはや副音声状態である。

このまま見ているのは悪い気もするし、指摘するのも何だか気まずいのでモニター画面から目を逸《そ》らし、瀬能先輩を驚かせてしまったことを謝罪した。

「驚かせてしまって申し訳ないです」

「別に私は驚いていないから弓削くんが謝る必要はないわ」

心の声（仮）では『すっごいびっくりした！』と言っていたのに、俺のことを思って強がってくれる瀬能先輩。

優し過ぎてますます憧れる。

「でも大声を出したのは事実ですし……」

「……んっ！　悪いことをしたと思っているのならば、私の言うことをひとつ聞いてくれるかしら？」

「はい」

何か良いことを考え付いたようにビクッと身体を揺らした瀬能先輩が不意に、鞄から布に包まれた物を取り出した。

それは先刻しまったばかりのお弁当だった。

朝一の緩慢な動作ではなく手際良く包みを解いて蓋を開け、ラップに包まれた小さいおにぎりを両手で持った瀬能先輩。

「朝ごはんを食べると代謝が活性化して健康になるの。逆に食べないと集中力や記憶力が落ちてしまうのよ？　……だから……はい」

「あ、ありがとうございます！　いただきます！」

瀬能先輩は最後の方は小声になりながらも、俺の方に両手をピンと伸ばしておにぎりを渡してくれた。

ま、マジですか!?　これ夢じゃないよな!?

受け取って改めて思うが、ちんまりとした可愛らしいサイズだ。

俺が持っていると瀬能先輩が持っていた時よりも更に小さく見える。

……さて、せっかくいただいたのだ。瀬能先輩の気が変わらぬうちにありがたく頂戴してしまおう。

「で、でもそれ私が握ったものだからそういったのが苦手ならば無理に食べなくても――」

「――え？　なんか言いましたか？」

瀬能先輩が何やら言っていたような気もするが、それは既にモニター画面に打ち込まれた心の声として知っていたので、ラップを外して一口で食べてしまった。

口にいれたサイズ感としては大きめの苺が丸々入った大福程度。

正直もっと大きくても一口で余裕でいけた気がする。

「――ひとくち!!」こんな顔↓

(゜O゜)!!をした瀬能先輩
まさか俺が一気に食べると思っていなかったのか、瀬能先輩が目と口をまんまるにしてかなり驚いていた。

……何ですかその反応……可愛過ぎてこっちが驚きなんですが!?

瀬能先輩が渡してくれたおにぎりは塩味が仄《ほの》かにきいていていて、尚且《なおか》つほどよくふんわりと握られていてとても美味しかった。

「美味しかったです！　ごちそうさまでした！」

「そう。……よかった……お粗末様でした」

お礼を口にしながら、俺はある重要なことに気が付いていた。

——それは瀬能先輩が教えてくれなかった中身についていて……だ！

白米の中央にあったほろほろとした触感はおにぎりの具がほぐし身であることを物語っている。

それに瀬能先輩の「ほへふへーふ」という言葉から導き出される最適解は……！

「瀬能先輩……おにぎりの具——鮭《しゃけ》フレークだったんですね」

白米の永遠のお供であり。

おにぎり界の王道中の王道。

しゃけのフレークだったのだ。

……さすが王道なだけあって白米との相性は抜群だった。

「…………ッ!!　ち、ちがう！　私が食べたのは……しゃ、鯖《しゃば》フレークなの！」

目に見えて焦っている瀬能先輩は噛みながらも否定の言葉を口にした。

どうして頑なに否定するのだろうか？

鮭フレークはおにぎりの具ランキングでも間違いなくＴＯＰ３以内に入る人気があるはずだ。

なのでそんな老若男女問わず人気がある鮭フレークが好き＝子供っぽいには繋がらない気がするのだが。

それから今まで俺におにぎりを渡すことでキーボードの上から瀬能先輩の両手が離れていたが、何もすることが無くなったからかこちらを見たままのタイピング（心の声ダダ漏れ）が再開されていた。

——そしてモニター画面に打ち込まれた、

『にゃんでばれたの!!』

という文字を見たのと俺が噴き出したのはほぼ同時だった。

瀬能先輩の心の声『にゃんでばれたの!!』があまりにも破壊力がありすぎて、俺はひとりで笑い続けていた。

推測するに本当は『何でばれたの!!』と打ちたかったような気がするが、奇跡的なタイプミスをしているあたり、瀬能先輩は強運を持った天然ということなのだろう。……ただの天然では飽き足らないということか。天は瀬能先輩に何物を与えるつもりなのか？

「弓削くん？」

俺があまりにも笑い続けることを不審に思ったのか、瀬能先輩が小首をちょこんと傾げて不思議そうに聞いてきた。

そのたおやかな所作と『にゃんでばれたの!!』という本心とのギャップが凄すぎて、また笑いそうになったが、太ももを思い切りつねってなんとか堪えた。

「すみません。ちょっと個人的に面白いことがありまして……」

「……そう」

「そ、それで今日の飲み会ですが、瀬能先輩ってお酒はイケるんですか？」

「……飲めるけれどあまり強くはないわね。特に苦手なお酒だとすぐに酔ってしまうから、本質的には弱い方だと思う」

「そうなんですね。ちなみに苦手なお酒ってなんですか？」

「それは……秘密」

ちなみに会話を続けている今も小気味良いタイピングの音は続いている。

気になって気になって仕方がないが、そこは鉄の自制心でモニター画面を見ないように努力していた。

きっとモニター画面には苦手なお酒の答えが出ているような気がする。

……けれど瀬能先輩が秘密にしたがっているのならばカンニングをするのは野暮だろう。

「了解です。今晩の歓迎会で一緒に飲めることを楽しみにして、今日も頑張りたいと思います！　本日もよろしくお願いいたします！」

「そうね。私も弓削くんと一緒に飲むのは楽しみだから、今日は時間にはキッチリ終われるよう厳しくいくから……覚悟してね？」

眉をキュッと寄せた冷静沈着《クール》な瀬能先輩が少し冗談っぽく言ってその場をしめ、俺は朝一のルーティンワークであるメールチェックに移ったのだった。

◇◆◇◆◇◆◇◆◇◆◇◆◇◆◇◆◇◆

「よし……それじゃあ皆そろそろ上がってお店に向かおうか！　今日は全員僕のおごりだから楽しんでね！」

「イヨッ！　さすが恵比寿課長！　太っ腹！　さすがメタボは伊達じゃない！」

時刻は17時30分。

歓迎会の開始が18時だったので、恵比寿課長が皆に向かって声を掛けていた。

そんな中、恵比寿課長を除いた総務課内で一番年齢が高い40代後半の先輩である――釣井《つるい》先輩が調子よくヤジを飛ばす。

この釣井先輩は課内のムードメーカー的な存在なのだが、瀬能先輩からは「仕事で絡むときは注意しなさい」と忠告されていた。深くは聞いていないが何やらあるらしい。俺も気を付けておこう。

それと今更だが恵比寿課長はメタボだったな。

どうやら――看板メニュー《スペシャリテ》瀬能芹葉《SS》――を注文していないのが原因なのか、それとも……って明らかに飴の食べ過ぎだと思う。……ただ恵比寿課長は癒し系なのでこのままのふくよかな体形でいてほしいと俺は密かに思っていたりする。

「釣井くんだけ自腹にしておくね！」

「すみません！　調子に乗りました！」

他の先輩達はふたりの漫才のようなやりとりに笑っていたが、瀬能先輩だけはいつも通りの真顔で業務を続けていた。

ものすごい速さで打ち込まれていく文章。

これは先程俺も一緒に参加させてもらった会議の議事録だ。

瀬能先輩の凄いところが会議を主催して滞りなく進行を進めながら、挙がった意見や要点を一切メモすることなく覚えているのだ。

普通は進行役と書記役のふたりワンセットで行う。

今まで参加した他の人が主催する会議では全てそうだったので、瀬能先輩がいかに規格外なのか改めて実感する。

……今のままでは俺は完全に足手まといだ。まだ何もできていない。

部署配属されてからまだ3日だからと甘えることもできるが、憧れの瀬能先輩が教育係である以上そんなダサイことはしたくない。

それに俺の評価は瀬能先輩の教育係としての評価にイコールで直結しているのだ。

尚更甘えることなんてできない。余計にダサイことなんてできない。

……ならば何ができる？　と必死になって考えた。総務課経験がたったの3日しかない俺にできることなんて限られている。……それは瀬能先輩にとって雑務と思えるような業務を俺がやってしまうことだ。

――だから俺は自分で考え、瀬能先輩に伝えずに秘かに実行したことがある。

「瀬能先輩ちょっといいですか？」

「……ええ」

俺は自分のやるべきことを終えてから瀬能先輩に声を掛けた。

キリの良いところでタイピングを止めた瀬能先輩が、急いでいるというのに嫌な顔一つせず（といっても真顔なのだが）わざわざ俺の方に向いてくれた。

この3日間ひたすら瀬能先輩が作った資料や議事録すべてに目を通して、色々と驚いたことがあった。

それは瀬能先輩が作った資料があまりにも分かりやすく作られていたのでそのまま様式《フォーマット》に採用されていたり、センスの良い配色やデザインからプレゼン用スライドの雛形《テンプレート》になっていたり……そして一番驚いたのが最高経営責任者《CEO》が対外発表時に使用する資料をいくつも作成していたことだった。

……これってもはや最高経営責任者《CEO》の右腕ってことなんじゃ？

そんな中……俺はとある資料を見つけ、覚悟を決めて閲覧を開始した。

それはあのある意味反則的なネーミングが付けられたＡＩ――**しゃーもん**――がサプライズで発表された時のプレゼン資料だった。

表紙スライドには『ＡＩとヒトの協業《コラボレーション》～対応満足度向上とスキルレスを実現～』という、お堅いテーマ名がシックなデザインで表示されていた。……表紙ではまだ衝撃発表はされていないようだ。

スライドは全20枚で構成されており、どんどん読み進めていったが真面目な内容で分かりやすく纏められている瀬能先輩らしい資料だった。スライド中でもＡＩシステムとしか表記されていなかったので、一体どこで発表したんだ？　と疑問に思っていたら……20枚目の最終スライドでそれは起きた。

最終スライドは取り組みについての振り返りと今後の課題というタイトルで、一見何の変哲もないものだった。……だが書かれていた文を全て読み終えてクリックをしたら、組まれていたアニメーションが動き出し……、

『AIシステム――しゃーもん――はまだ進化途中!!』
『目指せ……世界一の王様――しゃーもん――』
『本日はご清聴いただきましてありがとうございました』

急にこんな吹き出しが出てきたので、俺は我慢できずに噴き出してしまった。……ダジャレじゃないからな。

初めから真面目なものだったので、急に可愛らしいポップな字体で――しゃーもん――と出てくるのはあまりにも不意打ちだ。

しかもこれを静まり返っているであろう会場で、あの凜とした空気を纏って、身の引き締まるような表情を湛えた瀬能先輩が読んだのかと思うと……ひぃ……ダメだ……想像しただけで笑っちまう。

しかも〆《しめ》の『本日はご清聴いただきましてありがとうございました』が唐突に真面目モードに戻っているので、余計に笑えた。

……と、こんな感じで飽きることなく瀬能先輩が過去6年間で作成した全資料を、読むことができたのだった。おかげで文章の書き方や瀬能先輩のクセなどはおおよそ理解できた。

社内の文書規格（ちなみにこれも瀬能先輩が作成・改定していた）も一通り確認したし、文書発信方法（このワークフローも瀬能先輩が〜以下略）もすでに調べてある。

これが今の俺にできる全てだ。

忙しい瀬能先輩を少しでも助けたい……力になりたいと思った新入社員《ペーペー》の生意気な想《おも》いをストレートにぶつける。

「先程の部署間の社内会議なんですが自分なりに議事録を作ってみたので、お忙しいところ申し訳ないのですが確認していただけますでしょうか？」

「……え？　弓削くんが？　議事録を作ったの？」

「はい……勝手なことをしてすみません」

「別に怒っていないいから安心して？　……でも私はまだ弓削くんに書き方を教えていない気がするのだけれど」

そう言いながらも俺が書き上げたＰＣ上の議事録に目を通していく瀬能先輩。

よほど真剣に見てくれているのかモニターにかぶりつく勢いで目を動かしている。

１ページまた１ページと全ての議事録に目を通した瀬能先輩が改めて俺を見て一言。

「弓削くん……完璧ね。ありがとう。私……教育係なのに……あなたに……後輩くんに助けられちゃったわね」

「あ、ありがとうございます！　頑張ったかいがありました！」

……最高の気分だった。

瀬能先輩の「ありがとう」。

この一言だけで3日間全力で資料を読み返した努力が報われた気がした。

今はまだ足手まといにならないようにすることしかできないが、いずれは瀬能先輩を支えられるような存在になりたいと強く思った。

「これ私の書き方と全て同じなのだけれど、もしかして過去に発信した議事録を自分で調べて書いたってこと？」

「はい。瀬能先輩が過去6年間で作った資料や発信した議事録すべて見させてもらいました」

「全て……そう。ひとつ確認なのだけれど、この議事録はいつ書いたのかしら？　まだ会議が終了して30分しか経っていないのだけれど？」

先程も説明したと思うが、普通は会議の進行役と書記役のツーマンセルで行う。

なので俺は勝手に書記役として会議に参加し、リアルタイムで議事録を作っただけだったりする。

さすがに会議内容を完全に理解しながら書くのには時間が掛かり、会議が終了して30分ほど経った今になってやっと書き上げたのだ。……きっと瀬能先輩ならば会議終了5分後には文書発信まで完了させているだろう。

目指すは瀬能先輩ということで、まだ議事録の作成完了まで時間が掛かっているのが問題なので、次からは会議内容自体を事前にしっかりと把握してから、参加するよう改善していかなければと思う。

「基本的には会議中に書いてました。分からないところが多々あったり、色々調べたりしたのでこんな時間になってしまいましたが……次回は改善して更に早く完了できるようにしたいと思います」

「弓削くん……すごく簡単そうに言っているのだけれど、それってかなり難しいことなのよ？」

「……確かに、話が二転三転した時は結構焦りましたね」

リアルタイムで議事録を書くことの弊害は確かにあったが、ＰＣ上であれば修正は容易だ。

「そうでしょう？　それに私だってこんなに早く書き上げたことはないわ」

「え？　……それは瀬能先輩が進行と書記をどちらもやっているからじゃないですか？」

「……だとしても弓削くん、あなたは十二分に凄いことをやっているのよ？　……もう、素直に褒められなさい――後輩くん？」

「は、はいッ！」

俺の返事を聞いた瀬能先輩はおもむろに腕をこちらに伸ばすと、優しくぽんぽんと頭を撫《な》でてきた。

――えッ!?　……頭を撫でられたッ!?

俺はとっさのことにされるがまま頭を撫でられ続けた。

時には撫でつけるように手を動かしたり。

俺の髪をもてあそぶように手櫛《てぐし》をしたり。

ほんの僅かに目を細めて見つめてきたり。

俺は瀬能先輩のその不意な行動に、にやけ顔をしないよう内頬を思い切り噛んでなんとか堪えた。

「……ん。ではこの弓削くんが作ってくれた議事録を正式文書として発信して、今日は歓迎会に行くことにしましょう？」

「ありがとうございます！　文書発信の方法も予習しておいたんで、今からやってみます！」

「ええ。私も横で一緒に見ているからやってみて？」

それから肩が触れ合うくらい近づいて瀬能先輩と一緒に文書発信を行った。

近すぎて&見られていることの緊張がピークに達したところで、どうにか作業を終えて大きく息を吐いた。……急に褒められたのと近すぎたので余計に疲れた。（主に理性が）

「お、終わりました！　俺、瀬能先輩のことをカッコイイと思ってて、少しでも役に立ちたかったので……これからもついていけるよう全力で頑張ります！」

「お疲れ様、弓削くん。……あなたが私の後輩くんになってくれて――」

「――はいはいおふたりさん！　麗しき師弟愛なのか、愛の告白か知らんけど、そろそろ会社をでないと間に合わんぞ？　文書発信なんか来週にするこった！　主役が遅刻なんてシャレにならないぞ」

瀬能先輩が何か大事なことを言おうとしていたタイミングで、急に会話に割り込んできた釣井先輩。

言っていることは納得できるのだが……愛の告白ってどういうことだよ。

……あれ？　確かに思い返してみると、遠回しに告白してないか俺？

あぁぁぁ！　やっちまった！

しかもまた瀬能先輩に「カッコイイ」って言っちまった……誰か俺がもっと恥ずかしいことを言う前にトドメをさしてくれ。

こうして俺と瀬能先輩は主役とその教育係だというのに、一番遅く会社を後にしたのだった。

「弓削くん少し急ぐわね」

「…………は、い」

議事録の処理で後発になった俺と瀬能先輩は更衣室で着替えた後、連れだって会社を後にした。

俺より早く来て遅く帰る瀬能先輩。

なので初めて見る瀬能先輩の仕事着《スーツ》以外の格好は、俺のイメージ通りのシックで落ち着いた大人の女性そのものだった。

丈の長いベージュのトレンチコートに、気持ちばかりのフリルがついた白のブラウスとダークグレーのロングフレアスカート。

決して目立つようなファッションではないのに、瀬能先輩が着ているだけでファッションモデルが目の前にいるような錯覚に陥った。

眠さのあまり油断していた朝一の可愛い瀬能先輩の姿はどこにもいない。

今俺の前にいるのは正真正銘の冷静沈着美女《クールビューティー》——瀬能芹葉先輩だった。

纏う雰囲気は厳かで、その表情は身の引き締まるような凜としたものだ。

綺麗過ぎて、美し過ぎて、目を逸らすことができずに、ただただ見惚れてしまう。

……やっぱり瀬能先輩は社会人としても、大人の女性としてもカッコ良かった。もし瀬能先輩が男だったら間違いなく秒で弟子入りを志願するレベルだ。

「——弓削くん？」

「……あ、了解です」

「ぼんやりしているみたいだけれど……大丈夫？」

「だ、大丈夫です！　それでは行きましょうか」

「ええ」

私服姿に見惚れてぼけーっと返事をしていたら、すぐに俺の体調を気遣ってくれる瀬能先輩。

誰もが息を呑むような美人でありながら、相手を思いやる心遣いができる。

俺もこんな大人になりたいと本気で憧れてしまう。

「私、お魚釣りなんて初めてだから……少し緊張してる」

最寄りの駅に向かって歩き始めたところで、確かに若干緊張しているような声音が瀬能先輩の口から漏れた。

ヒールパンプス特有の、コツッコツッという音が横から聞こえてきて、妙に緊張してしまう。

社内では教育係と新入社員ということで連れ立って歩くのは当たり前だが、外で……それもふたりきりで並んで歩みを進めるのは初めてのことだったからだ。

思えば今日は初めて尽くしである。

寝ぼけて可愛い姿。

天然でぽんこつな姿。

そしてこの私服姿である。

男とすれ違う度に全員が瀬能先輩の方へ視線を向けていることが分かった。

露骨なやつは俺達に聞こえるよう、わざと大きめの声で「今の見た!?　めっちゃ美人じゃね!?　声掛けてみる?」と口にしていた。大方それで瀬能先輩の反応を見ようとしているのだろうが、そんな軽薄な言葉は俺が口を開くことで全て遮った。……お前らの下品な言葉で瀬能先輩の耳が腐ったらどうしてくれんだよ。

「瀬能先輩、魚が苦手ってことですか?」

「……………別に、苦手じゃないわ」

妙な間があった気がするが、瀬能先輩がそう言う以上、特に追及するつもりもない。

「食べる方はどうなんですか?　お刺身とか焼き魚とか煮魚とか」

「全部好き。特に鮭のちゃんちゃん焼きと鮭のムニエルが好き」

ですよねー。

……だから今朝のおにぎりの具も鮭フレークだったんですね。

それ魚が好きというか鮭が好きなんじゃ……というツッコミは胸中に押《お》し止《とど》めた。

「お刺身とかお寿司《すし》はサーモン派ですか？」

「……どうして分かったの？」

目を細めて恐ろしく真剣な顔付きで首を傾げる瀬能先輩。

むしろなぜバレないと思ったのか……。

自分からヒント……どころか答えを出しておきながら、不思議そうに首を傾げるその様は控えめに言って、最高に可愛かった。

うん。最高とか言ってる時点で全然控えめじゃないな。

――それと今気が付いたんだが……もしかしてＡＩシステムの――**しゃーもん**――って、サーモンからきてるのか？　……いや、まさかな。

「……つかぬことをお聞きしますが、瀬能先輩がコールセンター業務の効率化に導入したＡＩシステムってもしかして、サーモンからきてます？」

「……どうしてそれも分かったの⁉」

真剣なものから驚きを僅かに溶かした不思議な表情を浮かべた瀬能先輩が「しゃーもん……誰にもバレなかったのに……」と、小声で呟いていたので思わず顔を逸らした。あのまま見ていたら笑ってしまうところだった。

……それよりもよく今まで誰にもこんなに鮭好きであることがバレてなかったな。

いや……そういえばこの3日間一緒に過ごしてみて総務課の人達は別として、他の課の人達からフレンドリーに話し掛けられている瀬能先輩の姿を見たことがないな。

瀬能先輩に話し掛ける際はみんな一様に当初の俺くらい緊張した感じで、恐る恐る接しているのが傍《はた》から見ていてもすぐに分かったほどだ。……もしかして瀬能先輩って周りから怖がられてるのか？　確か以前工藤が「クール過ぎて怖い」と言っていたが……そういうことなのだろうか？

それにプラスして仕事をバリバリこなす瀬能先輩に皆遠慮しているような気もする。

「な、何となくですかね？」

「でも私お寿司だったら……」

「お寿司だったら？」

……この鮭好きな流れからすると「いくらも好き」とか言いそうな気がする。

「――いくらも好きよ」

……すみません瀬能先輩。

それは正直予想できてました。

……どんだけ鮭好きなんですか。

もしかして瀬能先輩の前世はヒグマだったんじゃないですかね？

わざわざ言葉を切って気持ち口角を上げた控えめなどや顔で、瀬能先輩が得意げに答えた。俺はそれを微笑ましく見ることしかできなかった。

「俺もイクラ好きですよ」

瀬能先輩との他愛《たわい》のない会話を続けていたらいつの間にか最寄り駅の改札に辿り着いていたので、俺はポケットから定期を出して通過した。

横を歩いていた瀬能先輩も同じようにＩＣカードを出して、自動改札機にタッチして――、

「あうぅぅっ!?」

残額０円というミラクルを起こして、フラップドアに通せんぼされていた……。

――こんな反応可愛いに決まってるだろぉぉぉ！　と叫びたい衝動を押し殺して「チャージしてくる！」と告げて足早に去っていった瀬能先輩の背を見送りながら気が付いた。

そういえば残額不足で引っ掛かったってことは、瀬能先輩って電車通勤じゃないのか？

もしかしたら会社から近いので朝早く出社していて、あんなに寝ぼけた無防備な姿を見せていたのか？

……よし。来週からは今日と同じ時間で出社しよう。

それで寝ぼけた可愛い瀬能先輩を見ることで日々の糧《かて》としよう。

瀬能先輩がチャージを終えるまで、俺はそんな邪《よこしま》な考えをしていたのだった。

◇◆◇◆◇◆◇◆◇◆◇◆◇◆◇◆◇◆

「お店……ここみたいですね」

スマホのナビアプリを片手に繁華街を歩くこと数分。

かなり大きめの真新しい雑居ビルの地下1階に、お目当ての店舗はあった。

和柄テイストの電子看板《デジタルサイネージ》には『釣り堀居酒屋――魚《うお》ごころ――』の文字が表示されている。ふたりで確認するために暫《しば》く眺めていたら、スライドショーのように表示が変わり、次に映像が流れ始めた。おそらく店内のものと思われるが、巨大な木造船の周りを取り囲むように生《い》け簀《す》が設置されていて、様々な種類の魚が悠々と泳いでいた。

映像を見る限りでは居酒屋ではなく、ちょっとしたアミューズメント施設みたいだ。

「そうね。行くわよ弓削くん」

「はい」

店前には誰もおらず皆は既に店内に入っているようだったので、瀬能先輩に続いて地下に向かう『アクアチューブトンネル』と書かれたエスカレーターに乗った。

雑居ビルでエスカレーターがある事自体そもそも珍しいと思ったが、降りている最中に納得した。

地下1階に向かっているはずなのに、随分と長かったからだ。エスカレーターの降り口が相当先に見える。

体感だと2階分は移動できそうな程、長距離のエスカレーターだった。

そして更に驚いたのが……、

「弓削くん見て見て！　お魚がいっぱい泳いでいるわ！」

「凄いですね……これはテンション上がります」

エスカレーターが水中トンネルのようになっていたことだ。

水族館なんかでよくある巨大水槽の中を通っているものと同じで『アクアチューブトンネル』の名前にも得心がいった。

左右を見ても上を見ても色々な種類の魚が泳いでいる。

水族館と違うところとしてはイルカやらアザラシの哺乳類がおらず、泳いでいる魚が全て食用に適したものだということぐらいだろう。

泳ぐ魚を仰ぎ見ている瀬能先輩は「あっ！　ヒラメ？　カレイ？」だの「伊勢《いせ》エビ！　——ウツボ!?　……こわいぃぃ」だのと無邪気に喜んでいた。反応が可愛過ぎて昇天しそうだ……。

俺は魚ではなく、指をさして天真爛漫《らんまん》に喜んでいる瀬能先輩にテンションが上がってしまった。

唯一残念だったことは俺から見えるのは瀬能先輩の後ろ姿なので、どんな表情をしているのか分からなかったことだ。

そういえば魚が苦手かどうか聞いた時は微妙な反応をしていたが、実は好きなのだろうか？

「瀬能先輩そろそろ降り口ですから前を見ないと危ないですよ」

「ちゃんと分かっているわ！」

そう言いながらも泳ぐ魚に合わせて顔を動かしている瀬能先輩。

もしかすると……いや、もしかしなくても鮭を探している気がする。

そして多分このまま降り口について、転びそうになる未来しかみえない。

「……鮭いな――っ!?」

「だから前見ないと危ないって言ったじゃないですか」

案の定、鮭を探していた瀬能先輩は降り口に着いたことに気が付かず、前のめりになって倒れかけた。

俺はそうなることを予想していたので、とっさに瀬能先輩の片腕を摑《つか》んで倒れないように支えた。

不可抗力と言うか、なんというか……初めて瀬能先輩に自分から触れてしまった。

トレンチコートの上からでも分かる細い腕。

支えてみて分かった女性らしい軽さ。

ただそれだけのことで心臓が激しく鼓動したのが分かった。

顔面はひどく熱いのに、指先は凍えるように冷たい。身体中の血液が心臓と脳に集中したのだ。

憧れの人である瀬能先輩は俺にとって、身近にいながら決して追いつくことのできない遠い存在だった。

　だからこそ触れてしまったことに対して、喜びよりも緊張と自己嫌悪が上回ってしまった。

「うん。ありがとう弓削くん」

　俺の内心は様々な感情が入り乱れて嵐が吹き荒れているというのに、そんなことを知る由もない瀬能先輩は一切慌てた様子もなく、楚々《そそ》とした笑みを浮かべてこちらを見ているだけだった。

　――初めて瀬能先輩がちゃんと微笑んでいるところを見てしまった。

　これまで何度か真顔の誤差範囲内と言えるような笑み（俺の希望的観測）を見たことはあったが、ここまでしっかりとした表情を表に出してくれたのは今が初めてだった。

　その笑みを見ただけで緊張はほぐれ、自己嫌悪は薄まっていく。瀬能先輩の表情一つでここまで揺れ動くなんて我ながら情けないと思う。

「す、すみません！　いきなり摑んでしまって！」

「どうして弓削くんが謝るのかしら？　……悪いことをしたのは私の方でしょう？」

　そう言った瀬能先輩はまた違った――大人の女性らしい色香を漂わせた妖艶な笑みを湛えて、いつの間にか逆に俺の腕を摑んで引っ張ってきた。

　――な、何!?　なにされちゃうの俺!?　とひとりでバカみたいに興奮していたら……、

「皆待っているから、早く行きましょう？」

「……了解です」

普通に入口へと向かう瀬能先輩に引っ張られただけだった。

俺は一体何を考えているのやら。

ついさっきまで緊張と自己嫌悪に陥ったかと思いきや瞬間的に喜んで、今度はこのざまである。

自分のことだというのにあまりのアホな思考に呆れてしまった。

「……海のにおいがするわ！」

「確かにさっき泳いでた魚って全部海水魚でしたね」

地下深くに降りたからなのかフロアの天井は高く、立派な数寄屋門をくぐり店内に入ると、確かに海のようなにおいがした。

瀬能先輩はくんくんとにおいのもとを辿るように、俺の腕を掴んだままどんどん進んで行く。

ちょっ、瀬能先輩!!　いつまで俺の腕掴んでるんですか!?　このままじゃ皆に見られますよ!?

……なんて考えつつも口からはそんな言葉は一切出ない。

本心では今の状況が延々と続けばいいと考えているからだ。

そのまま瀬能先輩に引っ張られて細長い通路を抜けた先に――突如巨大な木造船が現れた。

木造船の周りは全て生け簀になっていたので、店先で見た映像の通りだ。

「……結構デカいっすね」

「……ええ。少しビックリしたわ」

瀬能先輩に腕を掴まれたまま想像していたよりも遥かに巨大なその姿に圧倒されて、ふたりそろって棒立ちしていたら、声を掛けられた。

「おぉ～い！　やっと来たな本日の主役！　席こっちだぞ～！　……瀬能はどうした～？」

見れば生け簀の外周は全て個室になっているようで、そのうちのひとつから釣井先輩が引き戸を開け、身を乗り出して俺に向かって手を振っていた。

釣井先輩の「瀬能はどうした～？」という言葉に何を言っているんだ？　と本気で首を傾げそうになったが、理由に気が付いて自己完結した。

釣井先輩の位置からでは木造船が絶妙な死角となって、俺の横に立つ瀬能先輩の姿が見えなかったのだ。

ちなみに瀬能先輩は釣井先輩の声が聞こえた瞬間、まるで何事も無かったかのように手を離していた。

……釣井先輩は何も悪くないが、一方的に恨んだのは言うまでも無い。

「一緒に来ましたよ！」

「…………」

先程までのハイテンションはどこにいったのか。

瀬能先輩はいつもの真顔に戻って無言のまま歩き出し、個室に向かって行く。

会社で普段見せているはずの凛とした姿だったのに、俺の気のせいかもしれないがどこか少しふてくされているようにも見えた。

すぐさま俺もその後を追って個室に向かった。

釣井先輩に招かれて入ったら座敷席で掘りごたつのリラックスできる個室を、２室合体させた大きめの個室が広がっていた。

靴を脱いで上がると上座に座る恵比寿課長が手招きをしている。

どうやら俺の席は最奥の生け簀側ということらしい。

俺の隣には瀬能先輩が腰を下ろした。

対面に座る恵比寿課長はニコリと人の好さそうな笑みを浮かべてから口を開いた。

「ここね全員が初めの一杯で生中を頼むと本日のオススメが一品タダでついてくるんだ。ちなみに皆は生中なんだけど、弓削くんと瀬能くんはどうする？」

そんなことを言われたら生中しか頼めない。……まぁ俺はビールが好きなので全然問題ないが。

「自分は生中で大丈夫です！　よろしくお願いいたします！」

「……私も……大丈夫です」

未だに瀬能先輩のご機嫌はななめなようで、いつも以上にクールというかどこか冷めたような声音で返答を口に。

そういえば瀬能先輩は苦手な酒があるって言ってたな……。

一体何なのだろうか？

「そうかそうか、よかったよ。実はそう言ってくれることを見越して、ふたりが来たのと同時に頼んでおいたんだ。悪かったね断りにくい雰囲気を作って」

すまなさそうに人好きのする笑みを零《こぼ》した恵比寿課長。

あの物言いはわざとだったらしい。

確かに結構強引な感じはしたが、癒し系の恵比寿課長にやられると不思議とムカつくことはなかった。

程なくして人数分の生中が運ばれてきて、乾杯となった。

もちろん乾杯の挨拶は恵比寿課長だ。

「泡がなくなっちゃうから短く！　今日は堅苦しいことは一切抜きにして、美味しいものを食べて、好きなだけ飲んで、目一杯楽しもうか！　それでは若くてエネルギッシュな弓削くんを歓迎して
――乾杯！」

「「乾杯！」」

「乾杯です！」

「……乾杯」

まず向かいの恵比寿課長とジョッキをぶつけてから、次に隣の瀬能先輩とお互い遠慮するように優しくコツンと重ね合わせた。

そっとジョッキを合わせたことが面白かったのか、瀬能先輩が小声で「こつん」と再現するように呟いていてちょっと笑ってしまった。ふとした行動が天然っぽくて面白いのはどうやら本当に素

でやっているみたいだ。……反則やろ！

気を取り直してまずは一口。

そんなつもりで口を付けたのだが、ゴクリゴクリと一気に飲み干してしまった。

今更だが瀬能先輩とふたりきりでいたので、自分が思っていた以上に緊張して喉が渇いていたらしい。

――くぅーっ！　美味過ぎる！　生中の特に初めの一杯は至高だ。ホップがもたらす独特な苦みにまろやかな泡立ち。爽やかなのど越しと疲れを吹き飛ばす爽快感。

ジョッキを机に置いて気が付いた。

何故か皆が俺のことを見ていた。……もちろん隣に座っていた瀬能先輩も目をぱちぱちと瞬《しばた》かせながらこっちを見ている。

な、なんだ？

「イイ飲みっぷりだねぇ〜弓削くん！　最近の若い子は飲まないって聞いてたけど、弓削くんは例外かな？」

「おいおいひよっこ！　青くせぇイイ飲み方するじゃねぇか!!　今度俺とサシ飲みしにいくぞ！」

恵比寿課長と釣井先輩からは褒められたようだが、他の先輩からは「無理に飲まなくて大丈夫だよ？」と心配の声をいただいた。

……確かに冷静に考えてみると歓迎会で新入社員がいきなり一気飲みをしたら心配するかもしれ

ないな。

　別に無理して飲んだ訳じゃないのだが少し自重しようと思った。

「若干調子に乗りました！　すみません！」

「若い頃に痛い目見といた方が良いよ。僕みたいなオジサンになってから潰れたりしてたらカッコ悪いからね」

「弓削！　俺も空けたぞぉ～！　次なに頼む？」

　釣井先輩が空になったグラスを目の高さで軽く揺らしている。

　これは挑発してきているのか、それとも単純に好意で聞いてくれているのか……。

　どちらにせよ、すきっ腹だし、まともに水分も取っていなかったので、一度水でも飲んで冷静になっておこう。……瀬能先輩の前で酔い潰れるなんてダサイことはしたくないからな。

「一回水飲んでおきます！　すみません釣井先輩！」

「チッ！　意外と冷静な奴め！　潰して先輩の偉大さを思い知らせてやろうと思ったのに……」

　おぅ……やっぱり挑発だったらしい。乗らないでおいてよかった。

　そんな釣井先輩とのやりとりが一段落したタイミングで、瀬能先輩が俺のスーツの裾をクイクイと引っ張ってきた。……おぉうっ！　こんなちょっとした行動だけで瀬能先輩は可愛い……なお、異論は認めない。

「弓削くんはビールが好きなの？」

見ればご機嫌ななめ状態からは脱したようで、ほぼ満杯のジョッキを両手で重たそうに持ちながら首をこてんと傾げていた。

瀬能先輩ほとんど飲んでないな。確かお酒はあんまり強くないと言っていたし、もしかして本当は生中を頼みたくなかったんじゃないだろうか？

「結構好きですよ」

「……そうなのね」

少し落ち込んだように俯いた瀬能先輩はちょびっとだけビールに口を付けて、ほんの微かに眉根をキュッと寄せた。

……その反応だけで確信した。

――恐らく瀬能先輩が嫌いなお酒はビールであると。

多分俺以外の人間は誰一人として気が付かないであろう僅かな変化だった。

俺は社内で誰よりも長く瀬能先輩と行動を共にしているのだ。

一緒に行動するようになってまだ日は浅いが、代わりに密度が濃いというか、誰も見たことが無いような姿を見たおかげで、些細な表情の変化でも何となく読み取れるようになっていた。……早い話俺がどれだけ瀬能先輩を見ていたかということの裏返しなんだけどな。自分で言っておいてクソ恥ずかしい。

「瀬能先輩はビールが嫌いなんですか？」

「……どうしてかしら？」

「何となくの勘ですよ。特に根拠はありません」

ここで「微妙に嫌そうな顔をしていたので」なんて言ったら、気持ち悪がられる気がしたので誤魔化した。

瀬能先輩は特に表情を変える事も無く、俺のことをただ見つめてくるだけだった。

そんな真顔で見つめられると「嘘ついてごめんなさい！」と謝ってしまいたくなる。

「私、秘密って言ったのに……どうして分かったの？」

これ以上適当に誤魔化すのは俺の良心が持たなくなりそうだったので、正直にぶちまけた。これでもし真顔で「キモイ」と言われたら精神的に死ぬかもしれない。……いや、肉体的にも死を選ぶ可能性まである。

「勘……もありますけど、瀬能先輩が心なしか嫌そうな顔をしていたので……それで嫌いなのかなと思っただけです」

こんな長いこと瀬能先輩とふたりだけで話していたら変な誤解を招くかと思い、一度周りを見たが全員飲み食いをしていたり、隣の人同士での会話に夢中になっていたので大丈夫そうだった。

瀬能先輩はジョッキを置いてから、艶めく長い黒髪の毛先を指でクルクルといじりながら、俯きがちに言った。

「……その、私のこと……ちゃんと見てくれて……ありがとっ♪」

顔を上げて俺のことを真っ直ぐに見つめ。

仄かに頰を上気させて、はにかみながら。

瀬能先輩が俺の頭を、ぽんぽんと撫でた。


衝撃的すぎて脳みそが瞬間的に沸騰した。

突然のことに身体が硬直し、言うことを聞かない。

されるがままはにかんでいる瀬能先輩にぽんぽんと頭を撫でられ続け。

それが一体何秒間続いたのかすら分からなくなったところで、やっと身体が再起動された。

「せっ！　瀬能先輩!?」

「……なに？　後輩くん？」

俺の呼びかけに反応した瀬能先輩はようやく頭を撫でるのを止め、今度は座布団ごと移動して俺の方に近寄ってきた。

別に酔っている訳でもないだろうに、やけに瀬能先輩が色っぽく見えてしまうのは俺の錯覚ではない気がする。

——そしてぴたりと俺に寄り添うように身体をくっつけてから……、

「私は今凄く嬉しいの。上機嫌なの。……弓削くん、あなたのおかげでね？」

目を細めて顔を近づけてきたのだった。……ちょっ、こんな場所で……何するつもりですか瀬能先輩!?　止まって下さい！　お願いしますからこれ以上近づかないでぇぇぇ!?


ゆっくりと確実に顔を近づけてきている瀬能先輩。

脳内ではこれから一体何が起きるのか？　といった様々なシミュレーションが行われていたが、最終的には何もできずに固まっていた。

考えすぎて動けなくなったとでもいうべきか。

体感として永遠。

時間にして一瞬。

遂に吐息を直接感じられるような距離に瀬能先輩が侵入してきた。

間近で見て改めて思うのは瀬能先輩の美しさだった。

透き通るような白い肌は絹のように滑らかで、形の良い眉と長い睫毛《まつげ》は猫のようにつぶらなアーモンドアイを飾る額縁のようだ。今のこんな状況にありながら瞳は冷静さを失っておらず、澄んだ視線が俺に向けられている。

そして——唇はしっとりと濡れたように光る綺麗な薄紅色だった。

……最後に唇を見てしまったのはモテない男の悲しい性《さが》なのだろう。

ひとりで勝手に緊張し、目を瞑り、ゴクリとつばを呑み込んだ。

……。

………。

…………。

どれだけの時が過ぎたのか。

いつまで経っても何も起きないので、恐る恐る目を開けたら――、

「…………」

無言のまま相好を崩した瀬能先輩と目が合った。

握り拳《こぶし》２個分くらいしかない至近距離でこんな反応をされたのだ。

言外に「何を期待していたのかしら？」と言われているみたいで、恥ずかしかった。羞恥で悶《もだ》え死ぬやもしれん。

……だが一方でこんなイタズラじみた事をされているというのに、嫌じゃない自分がいたのも事実だった。

年上のお姉さんに弄ばれる……男なら一度はしたことがあるであろう妄想が現実となったからだ。

それに冷静沈着《クール》な瀬能先輩がこんなイタズラっぽいことをしてくるなんて、というギャップもある。

「せ、瀬能先輩？」

「ねぇ、弓削くん？」

どうすればいいのか分からず声を掛けたら、イタズラっ子のような幼い笑みを湛えた瀬能先輩は、そのまま顔を横にずらして今度は俺の耳元に近付いてきた。

そして一言……、

「この後ふたりっきりで——もう一軒いこっ？」

耳元で囁かれたその言葉に鳥肌が立った。

鼓膜から全身に伝わっていくこそばゆいような快感。

頭の芯が痺れたように思考がまとまらない。

辛うじて首を上下に動かすことしかできなかった。

遅れてやっと言葉が口から出た。

「お供します」

あまりの現状に逆に冷静になっている自分がいた。

どこかでこれは夢だと思い始めていたからだ。

自分に都合の良い事ばかり起きる。寸止めで焦らされる。

……どう考えても夢の典型だ。

「それなら私もがんばってビールを飲まないとダメね」

前触れなくふと俺から離れた瀬能先輩は、まだ並々入っている中ジョッキを両手で持ち上げて口を付けていた。

瀬能先輩はちびりちびりと飲んでから「にがい」と眉を顰めて呟き、それでも再度ジョッキに口を付けて飲もうとしていた。

……こんな健気《けなげ》に頑張る姿を見せられたら自重なんてできなかった。

「俺ビール好きなんで貰《もら》いますね」

瀬能先輩の返事を待たずに中ジョッキをかっさらい、何か言われる前に一気に飲み干した。

そもそも飲み会に来て嫌いな酒を飲む必要はないのだ。

それに瀬能先輩に無理をしてもらいたくもないし、俺もそんなことをさせたくない。

楽しく飲んで、気分良く酔えなければ飲み会とは言わないのだ……と23の俺《ガキ》が偉そうに持論を語ってみる。

「……弓削くん」

「は、はい」

「間接キスしたかったの？」

少し驚いたような顔をした瀬能先輩が爆弾発言をぶち込んできた。

「ち、違いますよ！　ちゃんと瀬能先輩が口を付けていたところは避けましたよ！」

俺の慌てふためく姿が面白かったのか一頻《ひとしき》りクスクスと笑ってから、瀬能先輩が片目を瞑《ウインクをしながら》って言った。

「冗談よ？　私のために飲んでくれて……ありがとう」

「は、はい」

「別にキ――」

「――そろそろ釣りしようぜ!!　釣井の名が伊達じゃないことを見せてやるよ！」

瀬能先輩が何か言おうとしていたが、それを釣井先輩の言葉が遮った。すんごい気になるんだが。

……ヤバイ。皆で来ていたことを完全に忘れてた。

慌てて皆の方を見たが特に変わった様子はなかったので、ほっと安堵の胸を撫でおろした。

あんなところを見られていたら、絶対に取り返しのつかない誤解を受けるところだった……。


「それじゃあ4人とも頑張ってね」

「弓削の歓迎会だから……めでたいってことで一番デカい鯛《たい》釣ってやるからな！」

「それじゃあウチも弓削くんにタイ釣ってあげるからねー！　期待しててねー！」

「だったら俺も鯛狙いでいくかなー。俺が一番美味そうな鯛釣るから、弓削楽しみにしておけ！」

釣井先輩の声掛けに立候補したのは4人で、その中にはなんと瀬能先輩もいた。

皆がそれぞれ意気込みを口にしていたが、瀬能先輩だけはとなりの俺にしか聞こえない小声で「……釣井先輩……ゆるさないっ!!」と謎の私怨を零していた。……どういうことですか瀬能先輩。

竿《さお》は誰でも簡単に釣りができるように延べ竿が準備されており、エサは小エビだった。レンタル料金は合わせて１００円。

店員さんから簡単なルール説明とレクチャーを受けてから釣りがスタートとなった。

ちなみに店員さんの説明を要約すると釣った魚は必ずお買い上げとなり、リリースはできない。調理方法は好みで選べて大型魚なら半身ずつ別の料理にできるとのことだった。

釣井先輩達３人はすぐに釣りを開始していたが、釣り初心者の瀬能先輩は真剣な表情で熱心に店員さんからアドバイスなどを聞いていた。真面目な瀬能先輩らしいな。

「弓削くん！　私も鯛を釣ると宣言しておくわね！　それも一番《いっちばん》大きくて美味しそうなやつ！」

「がんばって下さい瀬能先輩！　俺もサポートしますので」

「任せなさい！」

やや興奮気味に小さくガッツポーズをしている瀬能先輩。「絶対釣る！」という気迫がヒシヒシと伝わってくる。それとめちゃくちゃ可愛い反応であることは、言葉にするまでもないだろう。

……そんな瀬能先輩を見ていたら「鯛以外も食べたいんですが」とはとてもじゃないが、言えなかった。

竿を片手に店員さんから教えてもらった穴場スポットに移動して、そっと針を落とす。

瀬能先輩が釣りを行うポイントは大型魚の生け簀ゾーンらしく、鯛や石鯛をはじめ、ヒラメやメジナ、黒ソイに海のギャングとして有名なウツボなどがいた。

待つこと数分……中々釣れないことに焦りを感じたらしい瀬能先輩は、個室の引き戸を全開にして、身体を大きく乗り出して一番大きな鯛の前に再度針を落とした。

「たーいーきーてーっ！」

そんな可愛らしい呪文につられてなのか鯛が釣り針に近づいてきた。……どうやら瀬能先輩の不意な可愛さは魚類にも有効らしい。

瀬能先輩も「弓削くん！　鯛きた！」と喜んでいたが——、

「う、ウツボっ!?」

魚が隠れられるように設置されていた岩の陰から飛び出してきたウツボが、小エビに食いついてしまった。……なんてこった。海のギャングにも瀬能先輩の可愛らしさは通用するらしい。……冗談だが。

突如現れたウツボに驚いた瀬能先輩が放心状態になって竿を落としそうになっていたので、とっさに俺が後ろから掴んだ。

「瀬能先輩！　竿掴んでいて下さい！」

「こ、こわいっ！　弓削くん一緒にいて!!」

「一緒にいますから、暴れないで下さい！」

「んんんっ!?　今ウツボと目あった！　噛まれる！　噛まれちゃうっ!!」

まだ釣り上げた訳でもないのに瀬能先輩はパニックになっていた。

……そして俺もまた違う意味でパニックになっていた。

釣りをしている瀬能先輩の背後から両手を回して竿を握っている。

これが一体何を指しているかというと……瀬能先輩を俺が背後から抱きしめている格好になっているのだ。

そんな密着状態でもぞもぞと動く瀬能先輩。

——死ぬ！

このままじゃ精神的にも肉体的にも社会的にも死ぬ！

海のギャングだろうが知るか！

さっさと釣れやがれぇぇぇ!!

「瀬能先輩……ウツボ釣れましたよ」

「つ、釣れたの？　弓削くん釣れたの？」怖くて目を瞑っている瀬能先輩
「はい……なんとか」

「凄い！　弓削くん凄い！」目を瞑ったままはしゃぐ瀬能先輩
格闘すること数分。

竿が折れるんじゃないかと思うくらいの引きだったが、何とか無事に釣り上げることができた。

瀬能先輩は途中から完全に両手を離して、あろうことかこっちに振り向いて俺に抱き着いてきたのだ。

俺はそんな状態で心を無に……することはできなかったので、ウツボとの戦いに全神経を集中さ

せた。

……瀬能先輩から香る花のような良い匂いは気のせい。

……瀬能先輩が胸板に顔をグリグリして息遣いを感じるのも気のせい。

……瀬能先輩のボリューミーな柔らかいものが俺に押し付けられているのも気のせい……な訳あるかぁぁぁ！

といった心境で釣り上げたのだった。

「ウツボ釣れましたー！」

「はいよー！」

即座に店員さんが大きなタモ網を持って駆けつけてくれた。

事前の説明で「ウツボは大変危険ですので、もし釣っても決して触らないで下さい」と言われていたことを覚えていて助かった。

店員さんのコールの後に和太鼓が打ち鳴らされ、周りにいた別のお客さん達も拍手やら歓声を送ってくれた。

「おぉぉ！」

「すげぇぇ！」

「マジヤバくね!?」

「ウツボ釣れるのか！」

「さすがカップル！　ふたり作業が上手いな！」

「彼氏くんカッコイイよー！　おめでとーっ！」

釣り上げたのがウツボだったからか結構な騒ぎになり、当然課の皆にも見られた。

釣井先輩が「お前らふたりで……いや、それはいいとして、なんでウツボ釣ってんだ？」こめかみを押さえながらボヤいていた。

瀬能先輩は既に前方からは離れていたが、釣井先輩から声を掛けられた瞬間、今度は隠れるように俺の背後にさっと回ってピッタリと貼り付いてきた。

瀬能先輩もう釣れたんだから離れて！　色々と当たっていて俺が限界なんですよ!!

「なんで……でしょうね？」

「それは俺が聞きたいが……とりあえず釣れたなら戻ってこい。こっちも華麗なる釣果《ちようか》を教えてやるからよ！」

「了解です」

「……釣井先輩もう行った？」

「行きましたよ」

ようやく俺から離れた瀬能先輩は「あと少しで釣井先輩にバレるところだったわ」と、得意《どや》げな顔をしてコクコクと頷いていた。

……俺はそんなどや顔を満面に浮かべた瀬能先輩に「余裕でバレてましたよ」と言うことができ

なかった。

「ウツボってどんな味がするのかしら？　……海のギャングだから……塩味？　でもそれだと陸のギャングと空のギャングは……何味になるのかしら？　……そもそも陸のギャングと空のギャングって何の動物？　海のギャングがいるのだからもちろんいてもおかしくはないと思うの——」

妙に真剣な表情で天然っぷりを爆発させている瀬能先輩。完全に本題の斜め上に向かって思考を展開しているというのに、他のことが気になって仕方ないようだ。……きっとウツボを釣って少なからず興奮しているんだと思う。

顎に手を当てて思考に没頭しているからなのか、フラフラと右に左に蛇行しながら歩いている。

そんな様を見て、生け簀に落ちるんじゃないかと心配になったので、瀬能先輩のブラウスの袖口を掴んで皆が待つ個室まで引っ張って連れて行った。

ちなみに瀬能先輩は俺に引っ張られていることに全く気が付いていないらしく、未だに「つまるところ焼き鳥はタレと塩だったら私は断然……柚子胡椒《ゆずこしょう》派ね」などと独り言を呟いていた。

あれ？　ウツボどこいったんですか？　しかも柚子胡椒って選択肢にないですよね!?

心の中でツッコミを入れながらふたりで席に戻ったら、仁王立ちで待ち構えていた釣井先輩から釣果報告がされた。

既に釣り上げた魚は店員さんが持って行ってしまったとのことだったので、釣果と言っても口頭でだったのだが。

「俺が宣言通り鯛を釣り上げてやったぞ！　それもめちゃくちゃドデカイやつだ！」

「ウチは石鯛だったよー！　値段は鯛より全然高かったから、釣井先輩よりも上かなー！」

「俺は大物のヒラメだったな。ちなみに値段は石鯛同様鯛よりも高かったから、釣井先輩が最下位っすね」

全て鯛にならなくてよかった……とひとり安心していたら、釣井先輩が俺と瀬能先輩を指さして言った。

「んでよ……俺らが必死こいて釣ってたのに、お前らはなんでウツボなんて釣ってんだよ？　……それもふたりで楽しそうにイチャ――」

「――イチャ……バン……そう！　ふたりがイチバン楽しんでいたね！　このお店を選んでよかったよ！」

釣井先輩が何か言おうとしたところで、急に他の先輩達がおしぼりで口を塞いだり、おでこをペチーンと叩いたり、両手両足を摑んで押さえ付けたのだ。……なんでおでこ叩いたんですか……。

そんな異常な状況だというのに恵比寿課長はのほほんと感想を口にしている。……イチャバンってなんだったんだ？

押さえ付けられている釣井先輩は「もがごごおごぉうごがぁぁっ!?」と何かを叫んでいたが、恵比寿課長が気にしている様子はない。

……これがパワハラってやつか？　いや、多分違う気がするが。
「ホント……なんでウツボが釣れたんですかね？」
そう言いながら横に座っている瀬能先輩の方を向いたのだが、そこには誰もいなかった。
どこにいったんだ？　と見回してみたら、押さえ込まれてもみくちゃにされている釣井先輩の横にちょこんと座っていた。
それから親指と人差し指でOKマークを作ったかと思いきや、両手を使ってもの凄い早さで釣井先輩のおでこにペチペチペチペチとデコピンを連続でかましていた……なっ、何やってるんですか瀬能先輩!?
ただでさえ面白い光景だというのに、何故かデコピンが8ビートのリズムを刻んでいたので、不覚にも笑ってしまった。
「…………」無言でペチペチ継続中の瀬能先輩
「もいっ！　もへほ!!　ほほう!!」何かを伝えようと叫んでいる釣井先輩
「……ふぅーっ……スッキリしたわ」満足げな表情で俺の横に戻ってきた瀬能先輩
「瀬能お前、先輩のデコで8ビート刻むってどういうことだ!?　ふざけんな!!」やっと解放された釣井先輩
なんだこのコント？　もしかして歓迎会の余興なのか？
しかも釣井先輩も……もぐもぐ語を喋っている……だと？

堪え切れずに声を上げて笑っていたら、おでこを押さえた釣井先輩が「おい！　弓削！　お前笑ってないで俺のことを助けろよ!?」と切実な表情で訴えてきた。

「なんか邪魔しちゃいけないのかと思いまして……」

「それならせめて瀬能を止めろ!!　これだから周りのことが見えないバカ――もごぉ!?」

「――瀬能くん！　弓削くんを連れて引っ掛け釣りコーナーで伊勢エビでも取ってきてくれるかな？」

また何か言いかけたところで今度は恵比寿課長自ら、釣井先輩の口をおしぼりで塞いでいた。

一旦釣井先輩の拘束を解いていた他の先輩達も瞬時に押さえ込みを再開。

口、頭、両手、両足をホールドされて大の字で仰向けになっている釣井先輩が、俺に助けを求めるような視線を向けてきた。

こんな状況で俺に一体どうしろと!?

「はい。かしこまりました。……弓削くん、行くわよ」

「えっ？　……了解です」

俺の教育係である瀬能先輩がそう言っているので、従うまでだ。

理由は分からないが、磔《はりつけ》状態にされている釣井先輩には死んでもらうとしよう。

とにかく今日分かったこととしては、釣井先輩がイジられキャラだということぐらいだろう……。

「弓削くん弓削くん！　伊勢エビとオマールエビがいるって書いてあるわ！」

瀬能先輩が俺のスーツの袖をクイクイと引っ張って「早くいこっ！」と言いたげな表情で、こっちを見てきた。

そんなに急がなくても突然いなくなることなんてないというのに、そわそわしている瀬能先輩が可愛かった。

「書いてありますね」

俺は特に急ぐことなく歩く。

……実は結構酔いが回りつつあるのだ。

お通し程度しか腹にいれていない状態でビール2杯を一気飲みした挙句、瀬能先輩に弄ばれたせいで余計に心臓が速く動き、酔いが回ったのだ。もちろんウツボを釣り上げた際の密着状態も大いに影響している。

「結構……大きいわね……」

先程まで水族館に遊びに来た子供のように無邪気な笑みを浮かべていたのに、いざ実物を見たら意外と大きくてビクビクしている瀬能先輩。

生け簀の上からへっぴり腰でおっかなびっくり覗《のぞ》いている様子は、完全に子供そのものだった。

……後ろから軽く押してみたらどんな反応をするのだろうか？　気になって仕方ない。

「そういえば魚とか苦手なんでしたっけ？」

「苦手じゃない…………怖いだけ」何故かどや顔でこちらを向く瀬能先輩
それ苦手ってことじゃないですか……。なんでそんなに得意気なのか。

「それじゃあ俺はオマールエビを釣るので、瀬能先輩は伊勢エビを釣ってもらえますか？」

怖いと言っているのにあえて瀬能先輩に振ってみる。

今の酔いつつある俺は欲望に忠実なのだ。

涙目で怖がっている瀬能先輩を見られたら、今日はなんだか幸せな夢を見ながら眠れそうと俺の中の第六感的な何かが叫んでいる。……早い話、怖がって涙目になる瀬能先輩が見たいだけである。

「……無理ね」

得意気な顔付きから一転して急に真顔になった瀬能先輩に、見事にはっきり、きっぱりと断られた。

……正直「やだ！」みたいな感じで可愛く断られるのかと思っていたので、調子に乗りすぎたと謝罪の弁を述べようとしていたら、瀬能先輩が言葉を続けた。

「――だから私と一緒に釣ってくれるかしら？」

今度は途端に大人びた美女と形容するに相応《ふさわ》しい微笑を湛えて、淑《しと》やかな所作で控えめに首を傾げていた。

瀬能先輩は基本的に表情を変えない。

会社内では特にその傾向が強い気がする。

常に凜とした雰囲気を纏って、キリッとした身の引き締まるような表情で職務を遂行している。

その仕事ぶりは誰よりも真面目で、誰よりも熱心に取り組み、誰よりも成果を上げている。

それなのに今日の瀬能先輩はよく笑うし、ヘンテコなことはするし、実は天然であることが分かった。

きっと会社内の冷静沈着《クール》な瀬能先輩しか知らない人が今の姿を見たら「……瀬能って実は双子だったのか？」と本気で別人だと疑うことだろう。

……要するに何が言いたいのかというと、ギャップがスゴイのだ。

今自分が酔っているというのもあるが、気を抜いたら口走ってしまいそうになる――、

「綺麗でカッコよくて可愛くて面白いなんて反則ですよ」と。

「…………ゆ、ゆげくん!?」

「どうかしました？」

「んんっ!!　どうかしました!!」

なんか先輩が訳分からないことを言っている気がする……。

……あぁ、ヤバイな。

結構良い感じに酔ってきている。

もっと何か腹に入れておくべきだったか？　今になって後悔しても遅いよな～。

「先輩！　一緒に伊勢エビ釣りましょう！」

「せ、せんぱい‼　私……先輩っぽい⁉」

「何言ってるんですか？　先輩は先輩じゃないですか」

「せんぱい！　せんぱい……えへへ♪」

急にテンションダダ上がり状態になった先輩。

俺としてはなんでこんな上機嫌になっているのか分からなかった。

それに今は思考がてんでまとまらない。

しばらく嬉しそうにはにかんでいた先輩は突然小声で、

「せん♪　せん♪　せんぱい♪　せ～んぱいっ♪　いっぱい♪　せんぱい♪　ま～んぱいっ♪　すっぱい♪　しょっぱい♪　あまじょっぱいっ♪」身体を左右にゆらゆらさせている先輩
という謎の歌を口ずさみだした。

「それなんて歌ですか？　可愛いですね」

はにかみながらゆらゆらしてる先輩とか、ただ眺めてるだけでも癒されるというのに、へんてこな歌も相まって愛くるしさが爆発していた。

……しみじみと可愛い。ただ可愛い。いるだけで可愛い。ぽんこつ可愛い。

「──かっ!?」

「か？　かって何ですか？　先輩ぽんこつ可愛いんですからしっかりしてください」

「ま、またいったぁ!?　ゆげくんまたいったぁっ!!」

「？　皆待ってると思うんで早く伊勢エビ釣りますよ。竿借りに行きましょう」

先輩がわーわー喚いていたので、手を摑んで竿を借りに向かう。

「あ、歩ける！　私ひとりであるけるからぁっ！」

「だめです。先輩すぐフラフラして危なっかしいので。生け簀に落ちたらどうするつもりなんですか？」

「お・ち・な・い！」

「はいはい」

「……きいてない??」

「はいはい」

「きいてないのっ!!　ゆげくんがぜんぜんきいてくれないのっ!!」

全く先輩は本当にぽんこつである。

摑んでいる手をブンブン振り回して遊びたいらしい。

無邪気過ぎるだろ……「可愛過ぎかよ」この先輩。

「あううぅ……」

「これ先輩の分の竿です。一緒にやるんですよね？　それならもうちょっとこっちに寄ってもらえますか？」

「……う、うん」

伊勢エビが多く集まるポイントに先輩と並んで針を落とす。

何故か俺の針はゆらゆら揺れてうまく狙ったところにいかない。さっきゆらゆらしていた先輩の揺れが俺にまで伝わってきたのかもしれない。

「ゆ、弓削くん……もしかして酔ってる？」

「酔ってる？　俺がですか？」

「うん。だってフラフラしてる」

「確かに酔ってるかもしれません」

まとまらない思考は酔いが原因だったらしい。

どうやら自分で思っている以上に酔いが回りつつあるようだ。

だが今はそんなことはどうでもいい。

とにかく伊勢エビを釣って、ついでに頼まれてもいないオマールエビも釣って、先輩にイイところを見せておきたい。

「私のビール飲んだから？」

「あれくらいじゃ酔いませんよ。その後先輩が可愛いことばっかりするから酔ったんですよ」

「……弓削くんちょっとこっち来て」

そう言って先輩は俺の竿を取り上げて手を掴んできた。

そのまま引っ張られて辿り着いたのは休憩用に設置されていたベンチだった。

座るよう促されて素直に腰を下ろしたら、視界が回り始めた。……そこでようやく自分がかなり酔っていることに気が付いた。

あぁ、先輩に迷惑をかけてしまった……とぼんやりと考えながら座っていたら、どこから調達してきたのか、グラスを持った先輩が横に腰かけた。

「お水貰ってきたわ。飲める？」

「すみません先輩。俺結構きてるみたいです」

「ええ、そうね。弓削くんは顔に全然出ないのね？　口調もしっかりしているし、変なことを言い出さなかったら気が付けなかったわ」

「はい？　……先輩には嘘つけないですね」

もらった水を一気に飲み干すと、先輩がすかさずグラスを回収してくれた。

気もきいて優しい先輩。

カッコよくて可愛い先輩。

ぽんこつでおもしろい先輩。

もう憧れなんてとうに超えていた。

明確な感情が根を張った。

誤魔化しきれない想いが芽を出してしまった。

天然のくせに妙なところで鋭い先輩。

そんな相手に嘘を……本心を悟られないようにしなきゃいけないのか。

これは俺の自分勝手な想いだ。

ここでそれを出したら先輩に迷惑をかけてしまう。きっと気まずくなるだろうし、先輩も仕事がやりにくくなる。

それだけは絶対に避けなければならない。なんとしても。

……俺は先輩のことが——。

「……弓削くん？」

「伊勢エビ……頼みます……」

——そして俺は意識を手放したのだった。

◇◆◇◆◇◆◇◆◇◆◇◆◇◆◇◆◇◆◇◆◇◆

ひんやりとした何かが顔を覆っている。

普段とは明らかに違う枕の感触。

寝床も板張りに直接寝かされているかのような硬さだ。

そして何よりも周りが騒がしい。

「ヒラメ釣れましたー！」

「はいよー！」

……いつから俺の家はこんなに大量の音で溢れかえるようになったのか。

ひょっとしたらＴＶでもつけっぱなしで寝たのかもしれない。

それか俺はまだ夢を見ているのだろう。

気怠《けだる》い微睡《まどろみ》の中、まだ動き出していない思考回路から一番安直な答えを捻り出した。

「戻ってこないと思ったら……そういうことか」

「はい。酔っぱらってしまったみたいです」

「いやぁ～若さだな。誰か代わりのやつ寄越すか？」

「いえ。私が責任を持って面倒を見ますので、釣井先輩は戻っていただいて構いません」

やけにリアルな夢だ。

声と内容から察するに瀬能先輩と釣井先輩も登場しているらしい。

「了解……あと瀬能、それやってると足が痺れるぞ？」

「問題ありません」

「そうか。んじゃ伊勢エビは釣っておくからな……あぁ～胸焼けがする」

「よろしくお願いいたします」

そこでふたりの会話は終了した。

未だに回らない思考回路。

ぼんやりと微睡《まどろ》んだまま、この夢はいつまで続くのだろうか？　と思う。

半覚醒にも至らない不思議な状態。

このまま起きるのは面倒くさい。

眠気に身を任せて再度完全に意識を手放そうとしたところで、頭を撫でられているような、夢にしては妙にリアルな感覚が伝わってきた。

言葉で言い表すのは何とも難しいが、手で髪を優しく梳《す》かれているような感じだ。

絶妙な心地好さが微睡に沈みかけていた意識を一気に引き上げる。

……俺は何をしていた？　確か歓迎会があって居酒屋に来たような気がする。

とりあえず俺の髪を撫で続けている何かを掴んでみることにした。

「――んんっ!?」

掴んで分かったことはやはり誰かの手であることは間違いなかった。

それにしっかりと感触があるので、夢でもなさそうだ。

だったら今のこの状況はなんだ？

誰の手なのかも分からないがそれを掴んだまま暫し停止して、必死になって記憶の糸を手繰り寄せる。

歓迎会で居酒屋に来たのは間違いない。

瀬能先輩が『アクアチューブトンネル』ではしゃいでいたのはしっかり覚えている。

それから店に入って……ウツボを釣り上げたのも確実に覚えている。瀬能先輩がめちゃくちゃ怖がって抱き着いてきたので。

その後は確か……、

「よし！　一気に3匹釣ったぞ！」

「伊勢エビ釣れましたー！」

「はいよー！」

——遠くの方で釣井先輩のご機嫌な声と釣り上げた際の和太鼓の音が聞こえて、完全に覚醒した。

……瀬能先輩と伊勢エビを釣りに来て、そこからの記憶が曖昧だった。

つまりひとつだけはっきりしたことがある。

俺が今摑んでいるこの手は瀬能先輩のものだということだ……。

フリーになっていたもう一方の手で顔に掛かっていた冷たい布をどかした。手触りからしておしぼりのようだ。

言い知れぬ緊張感に包まれながら恐る恐る目を開けてみると……、

「——弓削くん、おはよう」

「お、おはようございます瀬能先輩」

天井の照明が眩しいのもあったが、俺を見下ろすような格好でこちらを見ている瀬能先輩と目があって、思わずもう一度瞼を閉じた。

なぜ仰向けになっている俺の一直線上に瀬能先輩の顔があるんだ？

……そもそも今俺はどんな格好で寝ているんだ？

「まだ眠かったら寝てていいのよ？　子守歌なら任せて？」

慈《いつく》しむような声が聞こえてきたかと思ったら、またしても髪を手櫛で梳《す》かれた……ってそういえば瀬能先輩の手を掴んだままだった！

瀬能先輩は逆の手で俺の髪を撫でながら「ゆ～りかご～のう～たをカナリヤが～う～たうよ♪」と暢気に歌い始めた。

謎の歌を口ずさんでいるところしか聞いたことが無かったので気が付かなかったが、俺でも分かる曲だったので瀬能先輩の歌唱力が高いことがすぐに分かった。

ただでさえ鈴を転がすような美声をしているので、聞いていて癒される……場合ではない！

すぐに目を開けて瀬能先輩に問う。

「ね～んねこよ～♪」

「――瀬能先輩！」

「うん？　どうしたの？　２番も歌う？」

「魅力的な……じゃなくて！　すみません！　ご迷惑をおかけして――」

そこまで言って今更ながら気が付いた。

俺……瀬能先輩に膝枕されてるのか!?

ここは寝床でも何でもないただのベンチだ。

枕なんてものは存在しない。

それなのに俺は今何かに頭を乗せている。

考えるまでも無い。

位置関係からしてもこれは絶対に瀬能先輩のふとももだろう。

「弓削くん？」

「ど、どきます！　今すぐ退《ど》きますので手を放してもらえますか!?」

俺が摑んでいた手はいつの間にか瀬能先輩に握り返されていて。

おまけに未だに髪も撫でられ続けていた。

「弓削くんから摑んだ！」

「え？」

「だからすごい……びっくりした！」

「はい？」

ダメだ……会話が全然かみ合わない。

瀬能先輩は何故か俺の手を放すつもりがないらしい。

「それに……」

「それに？」

「なんで瀬能先輩なの？」

うん、禅問答かな？

全く真意が読めない。

そもそも意図も分からない。

要するに何もかもが理解できない。

さすが瀬能先輩。天然……じゃなくてミステリアスである。

「瀬能先輩は瀬能先輩ですから瀬能先輩なんです」

自分で言ってみて首を捻りかけた。

『人民の人民による人民のための政治』で有名なリンカーン大統領になった気分だ。

「でも、さっき……先輩……って、言った」

「すみません。酔っていたのでよく覚えていなくて」

そんなようなことを言った気もするが、それがどうかしたのだろうか？

「先輩って言ったぁ！　先輩って言ったもん！」

瀬能先輩が子供のように頬を膨らまして口を尖らせている。

一体何が不満なのか分からないが、ご立腹らしい。

瀬能先輩としては一生懸命怒っている姿勢をアピールしているのかもしれないが、ただ単に可愛いだけだった。

ぷくーっと膨らんだ頬っぺたを指で突きたい衝動に駆られながら言う。

「先輩って呼んですみませんでした」

きっと瀬能先輩は「先輩」と呼ばれたことに対して怒っているのだと考えて。

だが瀬能先輩は更に頬っぺたを膨らませて、フグのようにまんまるになったまま言った。

「ふふん！　へんはふへほんへ！」

……そりゃ頬っぺた膨らませたままだったらそうなりますよねー。

怒っていることもアピールしながら何かを伝えたいみたいで、瀬能先輩はもぐもぐ語を喋り始めた。

当然何を言っているのかはさっぱり分からない。

「すみません。よく分からないのでもう一度お願いします」

俺としてはちゃんと喋って下さいと伝えたつもりだったのだが、

「ふんふ、ひひへ！　へんはふへほんへ！」

瀬能先輩は律儀に頬を膨らませたまま言った。

我慢できなかった。

声を出して笑いながら「先輩……やめて……息が……できない」と何とか伝えた。

「初めから素直にそう言ってくれればいいの。弓削くんのいじわる……」

「え？」

頬っぺたぷっくり状態から一転して、今度はプイッと明後日《あさって》の方向に顔を向けてから、いじけたように普通に喋り始めた瀬能先輩。

俺としてはイジワルをした覚えは一切ない。

何がキッカケなのかすら分からない。

「これからはちゃんと先輩って……呼んでね？」

……あぁ、なるほど。瀬能先輩は「先輩」と呼ばれたいらしい。

「かしこまりました──先輩」

明後日の方向に顔を向けていたからこそ、瀬能先輩の耳が深紅に染まっていくのがハッキリと見えた。

それだけで俺の鼓動は跳ね動く。

いや、そもそも今の状況でここにきて動揺するのも遅い気がするが……。

「うん！」

「それであの先輩？　そろそろ起きたいんですが……」

「……ダメよ？　弓削くんが先にいじわるしたのだから、私だっていじわるをする権利があるでしよう？」

「は……はい」

「だから私の気が済むまで弓削くんは動くの禁止！」

そう言って瀬能先輩は小悪魔チックな微笑を湛えて、俺の髪を撫で始めた。もちろん手も握られたまま……どころか指まで絡められた状態でだ。

俺の理性《マイサン》が爆発するのが先か、瀬能先輩が満足するのが先か。

どちらにせよ俺にとっては地獄のような時間が幕を開けたのだった……。


時間にしたら一体何分だったのか。

感覚としては恐らく3分間くらい瀬能先輩にされるがままの状態が続いた。

俺としては精神的地獄以外のなにものでもない時間だったが、それも突然終わりを迎えた。

「——うぅぅっ!?」

今までのほほんとした穏やかな笑みで俺の頭やら髪を撫でていた瀬能先輩が、ビクリと身体を揺らしたかと思ったら……急に背筋をピーンと伸ばして固まった。

視線はどこか遠くの方に向けられ顔からは、のほほんとした表情がログアウトしていた。

どうしたんだ？

何かまずいことでもあったのか？

瀬能先輩に「私の気が済むまで弓削くんは動くの禁止！」と言われている以上、俺は何もすることができない。

ただ、声を掛けるくらいは許されるだろうと考えて瀬能先輩に問い掛ける。

「あの、先輩？　どうかしたんですか？」

「……弓削くん、人にいじわるをすると……天罰が下るって知ってた？」

「人を呪わば穴二つ、みたいなことですか？」

無言でコクリと頷いた瀬能先輩。

絶望の色が漂う顔つきで冷静沈着《クール》とはまた違った真顔を湛えている。

「そろそろ皆の所に戻りませんか？」

「えぇ……そうね。弓削くん、ゆっくりと慎重に起き上がってもらえるかしら？」

「分かりました」

言われた通り細心の注意を払って起き上がり、手をつこうとしたところで瀬能先輩の膝あたりに指が当たってしまった。

ほんのわずかに当たっただけだというのに、瀬能先輩の反応は劇的なものだった。

「──むうぅぅっ!?　電気!!　……電気がビリビリで足がジンジンで痛《いひゃ》いっ!!」

「せ、先輩!?」

ぷるぷると小刻みに揺れている瀬能先輩は涙目になりながら「10まんボルト……」と静かに呟い

ている。

これあれだ。

俺に膝枕をしてくれた結果……足が痺れてマズイことになってるパターンだ。

……これは仕返しをしろ！　という神のお告げなのか？

いや、俺のことを介抱してくれた人に対してそんなことをしていい訳がない。

「先輩、立てますか？」

なので言葉だけで仕返ししてみた。

十中八九立てないことは理解している。

さて、瀬能先輩はどんな反応をするのか？

案外冷静に「立てない」と言いそうな気もするが……、

「た、たてないぃぃ!!」

なんて予想していたら、気の抜けるような悲鳴にも似た声を上げながら、涙目のまま俺の手を摑んで立とうとジタバタする瀬能先輩。

「無理に立たないで大丈夫ですから、痺れが治まるまで待ちましょう」

「……先に行かない？」

「行きませんよ」

「……一緒にいてくれる？」

「もちろんです。そもそも俺が迷惑かけたんですから先輩は気にしないで下さい」

「うん」

未だに俺がひとりで先に行ってしまうことを警戒しているのか、つないだ手を放さない瀬能先輩。

そんな瀬能先輩を安心させるために俺は隣に腰を下ろして話し掛けた。

何かしていないと今までとは違った意味の緊張で押しつぶされそうになったからだ。

「俺どれくらい眠ってました？」

「そうね……20分くらいかしら？」

「そんな寝てたんですか……申し訳ないです」

「それを言ったら私のためにビールを飲んでくれたのだから、弓削くんは何も気にする必要なんてないでしょう？」

そう言ってすぐに俺を庇《かば》おうとする優しい瀬能先輩。

瀬能先輩に無理をしてもらいたくなくて勝手に飲んだのは俺なんだから、やっぱり悪いのはこっちだ。

それにそもそも酔い潰れている時点で自己管理ができていない。

どう考えても俺が１００％悪い。

……だがここでそれを言っても瀬能先輩は引かないだろう。

もしかしたら「膝枕は私がやりたくて勝手にした」と反論してきそうな気がする。

だから俺は瀬能先輩に甘えた。

どうしようもなくダサい選択肢かもしれないが、こんなことで瀬能先輩とぶつかりたくはない。

ただの憧れを明確に超えてしまった今、俺は瀬能先輩に嫌われてしまうことが一番怖いのだ。ヘタレでビビリ過ぎんだろ俺……。

「だったらおあいこってことにしませんか?」

「……そうね。私も弓削くんもどっちもどっちってことでこの話はお終い」

「俺達ふたりしてなにしてるんですかね?」

「そうね。でも、楽しいから……私は結構好き。……そろそろ歩けそうだから弓削くん、エスコートしてくれるかしら?」

「喜んで」

瀬能先輩の一言に嬉しくなって、つい素で返事をしてしまったがこれくらいならば問題ないだろう。

そして俺達は個室の手前まで手を繋いだまま戻ったのだった。

◇◆◇◆◇◆◇◆◇◆◇◆◇◆◇◆◇◆

「今日は色々あって楽しかったよ。それじゃあ皆お疲れ様!　よい週末を!」

店を出てあの長い『アクアチューブトンネル』を抜けたところで、恵比寿課長の一言で解散となった。

ちなみに恵比寿課長と数人はこれから〆のラーメンを食べに行くとのこと。

「よし！　お前ら2次会行くぞ～！　俺についてこい！」

「釣井先輩あざーっす！　ゴチになりま～す！」

「釣井先輩ウチに釣り対決で負けたんですから、おごって下さいね？　2次会はアイスが美味しい居酒屋でお願いしまーす！」

「それなら俺もヒラメ釣って金額では勝ったんでごちそうになります！　俺は焼き鳥が美味い居酒屋がいいです！」

「ふざけんなお前ら！　好き勝手言いやがって…………仕方ねぇ！　俺のおごりだ！　好きなだけ飲んで食え！」

釣井先輩達の6人グループはこれから2軒目に向かうようだ。

そんな中、俺と瀬能先輩はふたりでどうするか相談していた。

「一度解散したフリをして、駅で落ち合いましょう？」

「はい。では駅でまた会いましょう」

「お～い！　弓削と瀬能は飲みに行くか？」

釣井先輩に声を掛けられたので瀬能先輩とアイコンタクトをしてから返事をしようとしたところ

で……、

「あっ、いや、やっぱいいわ！　お前らのことまで奢る金ないし、胃もたれしそうだからふたりで飲みに行ってくれ」

勝手に自己完結した釣井先輩が俺達に手を振って歩いて行ってしまった。

周りにいた先輩達も、

「師弟関係なんだからふたりで飲みに行ってくるんだよー？」

「弓削くんちゃんと潰れないように頑張ってね！」

「月曜日が楽しみ。おやすみなさいおふたりさん」

「教育係の先輩と後輩は一蓮托生だからな。ふたりして潰れるなよ？」

「瀬能、ちゃんと弓削の愚痴聞いてやれよ？　それじゃお疲れさん」

俺達に一言ずつ声を掛けてからそのまま行ってしまった。

もはや解散するフリも必要なくなった。

ポツンと取り残された俺達は顔を見あってからどちらともなく言った。

「「行きましょうか」」と。

それからふたりで繁華街をふらついて瀬能先輩が興味を示した、シュラスコ料理がメインのバルに入った。

通されたのは４人掛けの完全個室。

暖色の少し暗めな照明とウッド調の内装のおかげで、1軒目の明るくて賑やかだった釣り堀居酒屋とは正反対の落ち着いた雰囲気の店内だった。

シュラスコは簡単に言ってしまうとブラジル流のバーベキューとのことで、様々な肉類などを鉄串に刺して岩塩をふってじっくりと炭火で焼き上げるものらしい。

意外とさっぱりしていて女性が食べやすいと評判なのだと店員さんに説明された。

1軒目が魚料理だったので丁度良いかもしれない。

「弓削くん何飲む？」

「そうですね……せっかくなのでこのブラジルカクテルのカイピリーニャってやつにしてみます」

「それ結構強いみたいだけど……大丈夫？」

「無理して飲まないので大丈夫ですよ」

「もしまた酔っぱらっちゃっても私が……なでなでしてあげる」

冗談っぽく笑みを浮かべた瀬能先輩は「名前が面白いから」という理由で、ピニャ・コラーダというカクテルを注文した。

このバルはカクテルに力を入れているらしく、わざわざ別にメニュー表があったほどだ。

ふたりでカクテルのメニュー表を見ながら、どちらが一番面白いものを探せるかという暇つぶしをしていたら、カクテルとお通しが運ばれてきた。

ちなみに勝者……というか一番面白かったのはカクテルの名前ではなく瀬能先輩だった。

メニュー表に『サケ・ライム』という名前を見つけて「サケ・ライム！　鮭のカクテルがある！」と天然っぷりを発揮したからだ。

瀬能先輩は本気で鮭のカクテルだと思っていたようで、店員さんに「日本酒《サケ》のカクテルです」と説明され、しょんぼりと落ち込んでいた。……もしかして鮭のカクテルだったら頼む気だったのか？　ま、まさかな。

「弓削くん。今日はあなたの愚痴を聞く会だから、思っていることがあったら何でも言ってね？」

「了解です！」

「――乾杯」

そして俺達はグラスを重ね合わせ、ふたりきりの飲み会をスタートさせたのだった。

ふたりで飲み始めて2時間弱が経過した現在……、

「ゆげくん！　のんでるのー？」

俺の目の前に座る瀬能先輩の目はとろけていた。

おまけに喋り方も何だかふわふわとしている。

終いには俺の手を握って「しょうぶっ！」と、何故か指相撲をしようとする始末。

……なにっ!?　瀬能先輩の指を押さえようとしてもゆらりゆらりと軽く躱《かわ》されてしまう。これが有名な酔拳ってやつか。

「飲んでますよ。先輩はそろそろ控えた方が――」

「――さけ・らいむ！」

指相撲に飽きたのか今度は空になったグラスを摑んで、天高くピーンと掲げる酔拳使い……じゃなくて、瀬能先輩。

上を向いてグラスを眺めながら「きらきらしてる《へ》！」と若干怪しい呂律《ろれつ》で嬉しそうに呟いている。

そんな瀬能先輩の頬には薄紅が差し、先程からずっと上機嫌にニコニコと微笑んでいた。

……完全に酔っぱらいだった。もはや泥酔に近い気がする。

何度も俺に対して「酔ったらなでなでしてあげる」だの「介抱なら任せて！」と言っていたはずなのに……一体何が起きたのか。

まぁ、酔っぱらった可愛い瀬能先輩が見たくて本気で止めなかったというのもあるのだが。

「さっきからずっとそれ飲んでますけど、気に入ったんですか？」

「うんっ！　わたし、にほんしゅ……いっっっっっっっっちばんすきなの!!　だから日本酒《さけ》・らいむもすきーっ！　おいしいの！」(*>ᴗ<*)こんな顔をした瀬能先輩

目を瞑ってもの凄いタメを行ったあたり、心の底から日本酒が好きなようだ。

だからこそついつい飲み過ぎてしまったのかもしれない。

……ふむふむ。

瀬能先輩は日本酒が好きなのか。

……だから呑兵衛殺しのお弁当包みを使っていたという訳か。納得だ。

今度飲みに行く機会があったら、日本酒が美味しいお店を紹介できるように調べておこう。

密かにそんな決意をしながらそろそろ本気で瀬能先輩を止めないとマズイと悟り、俺は行動を起こした。

「先輩、もうそろそろいい時間なのでメましょうか」

「……いま、なんじー？」

「23時前です」

終電は24時過ぎまであるのだが、瀬能先輩をそんな遅い時間に帰すのは俺が嫌だった。

……そもそもこんな状態の瀬能先輩をひとりで帰すのは不安しかない。

送り狼なんてする気は一切ないが、瀬能先輩が家にちゃんと帰ったことを見届けないと心配で眠れなくなる気がする。

これは瀬能先輩に素直に「送らせて下さい」と言い出すべきなのか？

……だがもしそれで逆に恐怖心とか嫌な思いをさせたらと思うと、つい躊躇《ためら》ってしまう。

グルグルと同じようなことを考えるばかりで、なかなか言い出すことができない。

瀬能先輩の酔っぱらい度が全開であるように、俺もまたヘタレビビリ度が全力で振り切れていたのだ。

「23じ……よるはこれから！　さけ・らいむくーださい！」

個室の引き戸を開け放った瀬能先輩が、たまたま通りがかった店員さんにすかさずおかわりを注文した。

俺は慌ててそれを止める。

「店員さんその注文なしでお願いします！　それとお会計とお冷2個貰えますか？」

「かしこまりました」

店員さんを見送ってから反論すらしてこなかった瀬能先輩のことを恐る恐る見てみたら……、

「……わたしといっしょ……つまんない？」

瞳を潤ませて伏し目がちに俺のことを見ながら静かにいじけていた。

てっきり頬っぺたを膨らませて怒っているものだと想像していたので、想定外の様子に脳を巨大なハンマーで強打されたかのような衝撃が走った。

可愛いという言葉では表しきれない程の愛らしさ。

普段の毅然とした態度からは想像もできない弱さ。

そのしおらしくいじらしい姿は庇護《ひご》欲《よく》を刺激した。

「そんな訳ないです！　俺はいつまでも先輩と一緒にいたいです！」

気が付けば翼を生やした本音が口から飛び出していた。

嘘偽りのないその言葉は捉え方によっては告白じみたものだったが、今はそんなことはどうだってよかった。

憧れの人にこんなことを思わせてしまった自分の不甲斐無さにイラついてしまったからだ。

ヘタレてビビッている自分が情けない。

だからといって自分の想いを無責任に押し付けるような真似もしたくはない。

……けどそれ以上に瀬能先輩にこんな顔をさせたくなかった。

「…………」

「本当です！　もう何度も言っている気がしますが、先輩は俺の憧れなんです！　人としても社会人としても尊敬していますし、いつかは先輩の横に並べるような立派な社会人になりたいと、俺の中では勝手に目標にさせてもらってます！」

完全に俯いてしまった瀬能先輩を見て俺はいてもたってもいられなくなり、堰《せき》を切ったように誤魔化しのきかない本心が溢れ出てしまった。

もう取り繕うことなんてできなかった。

誤魔化すことなんて無理だった。

「…………」

「だからそんなこと言わないで下さい！　俺はカッコイイ先輩……瀬能芹葉先輩が好きなんです！　だから絶対につまらないなんて思ったりしませんから！」

――そして俺は全てをぶちまけてしまったのだった。

自制なんてきかない暴走状態。

恐らく酒が入っていたというのもあるのだろうが、瀬能先輩に対して想っていることを全て口にしてしまった。

完璧に告白だった。

どう考えてもアウトだった。

やっちまった……。

「…………」

「……先輩」

瀬能先輩は先程から顔を伏せたまま無言を貫いている。

表情は全く見えない。

だからなのか先程まで興奮で周りが見えていなかった俺は急に冷静になっていった。

そして瀬能先輩の気持ちを考えずに暴走してしまった後悔が徐々に大きくなっていく。

……俺はなんて身勝手なことをしてしまったのか。

結局瀬能先輩を悩ませて迷惑をかけているだけだ。

瀬能先輩と俺は釣り合わない。これは客観的にみても揺るぎ無い事実だ。

「…………」

「……先輩？」

もしかしたら怒っているのだろうか。

それとも、どう断ろうか考えているのだろうか。

もう一度声を掛けてみたがやはり返事はなかった。

「…………」

「あの、先輩？」

……妙な胸騒ぎがする。

一切反応してくれないこともそうだが、徐々に瀬能先輩が前のめりになっていっているのだ。

力尽きて眠りの波に呑み込まれたような……言ってしまえば寝落ちしたかのような動きである。

沈みゆく瀬能先輩に顔を近づけて耳を澄ます。

「……すーすー」

すると聞こえてきたのは、規則正しい天使のような寝息だった。

決定的だったのは、むにゃむにゃと口を動かしながら零した「さけ、つれたの！　えへへ～っ♪」寝言だ。

「……この先輩本当に可愛過ぎかよ」

五臓六腑に染み渡る可愛さについそんな言葉が出てしまったが、これはもはや当たり前のようなものだ。

それよりも、聞かれてなかった！　という安心感と。

聞かれてなかったのか……という不満にも似た感情がふつふつと沸き立った。

相反する感情に自分でも戸惑ってしまった。

明確な矛盾であり二律背反だ。

今まで人に対してここまで心を揺れ動かされたことが無かったので、どうするべきなのか分からない。

「……いんせき……いくらのいんせきっ!!」

未だに寝言がダダ漏れになっている瀬能先輩。

鮭を釣ったかと思いきや、今度はイクラの隕石が迫っているようだ。

必死に夢の中で逃げようとしているのか、ピクピクと身体が揺れているのがまた可愛いかった。

「……いくらのいんせき……おいしぃっ!!」

何やら逃げ回っていたのではなく、イクラの隕石とやらにかぶりついていたらしい。口がもごもご動いているので夢とシンクロしているのだろう。……寝ているのに可愛いってなんだよ。反則かよホント。

そんな瀬能先輩を眺めながら思い至る。

……改めて考えてみると今更なのかもしれない。

そもそも瀬能先輩に想いを伝えたい自分もいるし。

一方で迷惑だから自重すべきだと考えている自分もいる。

俺はもとから矛盾していた、ヘタレビビリなのだ。

これは今に始まったことではない。

きっとまだ全てをぶちまけるタイミングではないという、神のお導きなのだろう。……いや、そういうことにしておこう。

「……すーすー……」瀬能先輩――テーブルまでの距離10cm
「先輩、起きないと頭ぶつけますよ」

「……ふぁ～ぃ……すーすー」瀬能先輩――テーブルまでの距離５cm
器用に寝言？　で返事をした瀬能先輩だが、起きる様子はない。

このままだとおでこをテーブルに軟着陸《ソフトランディング》させるはずだ。

……それを分かっていながら俺は敢《あ》えて静観することに決めた。

理由は言うまでもないだろう。

――そしてその瞬間はやってきた。

ゴツンという意外と重たい音が響き、テーブルに置いてあったサケ・ライムが入っていた空のグラスが微振動した。

それから１秒にも満たない刹那、瞬時に顔を上げた瀬能先輩は澄ました表情を湛えて言った。

「――痛《いひゃ》いっ!?　な、なに!?　――ね、寝てないの!!　ちゃんと起きてたもん!!」キリッとした瀬能先輩

顔付きが凜々しいからこその言葉のギャップ。

あべこべ過ぎてちぐはぐ過ぎるその反応に心から笑ってしまった。

本当にこの先輩は存在が反則だ。

仕事中のカッコイイ姿はもちろんのこと。

こんなお茶目で天然な姿を見せられたら、好きにならない訳がないのだ……。

「な、なんで笑ってるの!?　……あれっ!?　いくらの隕石……どこ??　私が釣った鮭もどこいっちゃったの!?」

きっとまだ寝ぼけているのだろう。

座ったまま背筋を目一杯伸ばしてキョロキョロと辺りを見回している瀬能先輩。

たっぷり30秒ほどキョロキョロしてから夢だと気が付いたのか、今度は背を猫のように丸めて

「……夢だったの……」しょぼーんと項垂《うなだ》れてしまった。

行動がいちいち可愛い。

これが計算しつくされた行動ならばまだよかった。

……こんなことを素でやってしまうぽんこつ具合は、俺にとっては劇薬であり毒薬なのだ。

「先輩、そろそろいい時間なので〆ましょうか」

「……え？　もうこんな時間……弓削くん大丈夫？　終電がなかったら……その…………うちに泊、い、い、い、い、い、まっていいっても……いい、いいよ？」

……え？

瀬能先輩が今ありえないことを言ったような……？

元から落ち着いた店だったので静かだったが、瀬能先輩の言葉が衝撃的過ぎて周りの音が全て消え去ったかのような錯覚に陥った。

一度天井を仰ぎ見て深呼吸をしてから視線を少しずつ下に向ける。

……すると凛々しいなんて言葉を遥かに超越した、もはや勇ましいまでの表情で俺を一直線に見ていた瀬能先輩と目が合った。

眉間にシワを寄せ、目を細めたことによって目力は更に鋭さを増し、俺を射貫《いぬ》かんばかりの勢いが感じられる。……殺《や》られる!?　素直にそう思ってしまう程の迫力だった。

「……だ、大丈夫ですよ！　あと1時間くらいは終電がありますので!!」

ただならぬ瀬能先輩の雰囲気に焦って回答するヘタレビビリの図。……くそダサイ。

「そう……。ちなみに私は後1時間くらい全然飲めるわ。サケ・ライムもがぶがぶ飲めちゃうわ」

なんですかその無理のある回答。

つい5分前に「……いくらのいんせき……おいしぃっ!!」とか言っていた人が何を言っているのか？

何となくだが酔いつぶれたカッコ悪い姿のまま終わりたくないと考えているような気がした。

ここで瀬能先輩に無理をさせたくはないので、ヘタレビビリらしい返答をしておこう。

「実はもう俺が限界なんです……すみません」

「……それならば仕方ないわね。弓削くんにカッコイイところ、全然見せられなかったの……」

瀬能先輩は悔しそうに唇を噛んでいた。

俺の予想通りカッコイイ姿を見せたかったようだ。

それを口にしてしまっているあたり、真のぽんこつにしかできない芸当なのだろうが。

「先輩は既に充分カッコイイし可愛いですから……お会計しましょうか」

「えっ!?　あっ……うん……ありがとっ！　お会計は先輩に任せて！」

「俺にも出させて下さい！　今日は迷惑掛けてしまったので！」

「それなら私も掛けた！　いっぱいたくさんすっごい掛けた！」

「それなら俺は先輩の足に10万ボルトを食らわせてます！」

「そ、それなら私だって弓削くんにビール飲んでもらったもん！」

そこでふたりして急に無言になり、どうしてこんなにも真面目に言い争いをしているのかと途端にバカバカしくなって、顔を見合わせて笑ってしまった。

結局今回は割り勘で、次回は瀬能先輩の奢りということになった。

これって次回のサシ飲みの約束もできたってことだよな？

……めちゃくちゃ嬉しいんだが。

――こうして色々あった新入社員歓迎会は幕を下ろしたのだった。

……ちなみに酔っぱらっている瀬能先輩にはタクシーで帰ってもらった。これで俺も今日はぐっすり眠れそうだ。

「弓削くん、おやすみなさい。今度は――終電過ぎまで付き合ってね？」

そんな一言を別れ際に言われたのでやっぱり眠れなくなりそうだ……。

【第3章】ふたりきりでの出張（前編）

入社して1か月半が経《た》ち、ようやく日々の仕事が滞りなく進められるようになった今日この頃。

最近は瀬能《せのう》先輩の手を煩わせる事もほぼ無くなり、先手を打って行動ができるまでになった。

「すみません先輩。明日のプレゼン資料を確認していただきたく、少々お時間よろしいでしょうか？」

隣席で電話対応を終えた瀬能先輩にすぐに声を掛ける。こうでもしないと忙しい瀬能先輩を捕まえることができないのだ。

初めの1か月間はほとんどマンツーマンに近い状態で仕事を教えてもらっていたが、瀬能先輩の抱えている仕事の量を徐々に理解できるようになり、分からないことや確認したいことがあった時のみ聞くようなスタイルに切り替えてもらった。

瀬能先輩の仕事の邪魔をするような真似はしたくないので、当然と言えば当然かもしれないが。

「ええ。ここだと集中できないから、ミーティングスペースでも大丈夫？」

ミーティングスペースはフリーのオープンスペースのため、誰でもすぐに使用できる。

だがそれ故に周囲の雑音が入って気が散ってしまうので、実は既に会議室を押さえてあるのだ。

基本的に瀬能先輩に声を掛けるタイミングは全ての準備を終えた後にしている。そうすれば瀬能先輩を拘束してしまう時間は最小限で済むからだ。

「あっ、私の方で12A会議室を押さえてあるので、そちらでよろしくお願いいたします」

「……ん。弓削《ゆげ》くんの段取りが良くて助かったわ……ありがとうね。会議室ならば丁度私からも弓削くんに伝えておかなきゃいけないことがあるの」

瀬能先輩に少し褒められただけで鼓動が速くなる。

こんな些細《ささい》なことでペースを乱してはならないのだが、誰よりも仕事をこなしている冷静沈着《クール》な瀬能先輩に褒められるというのは、この上なく嬉《うれ》しいものなのだ。

ついさっき瀬能先輩の仕事の邪魔をしたくないという理由でマンツーマンから切り替えた、とカッコつけたことを言ったが……。

実際はこのように少し褒められた程度で表面に感情が出てしまうので、瀬能先輩と長く一緒にいることができなくなったという、実にヘタレでビビリな理由だったりする。

俺ダサ過ぎんだろ……。

「伝えておかないといけないことですか？」

こんなに改まって言われると少し怖いな。

不特定多数に聞かれるようなオープンスペースでできない会話となるとなんだ？

……秘匿性の高い情報《コンフィデンシャルインフォメーション》しかないよな？

「もう……そんなに緊張しなくても大丈夫よ？」

「は、はい」

どうやら顔に出ていたようだ。

死ぬほど恥ずかしい。

そして瀬能先輩は鋭すぎる。人のことを良く見ているんだな～と、またひとつ瀬能先輩に対する憧れポイントが増えた。……もう憧れどころじゃないんだけどな。

瀬能先輩がほんの僅《わず》かに口角を上げて柔らかい声音で「会議室行こっか？」と言ってから、俺の先を歩いて行く。

前を歩く瀬能先輩の背は一直線に伸びていて、ランウェイを歩くモデルさんのように凛々《りり》しかった。

俺もいつかは隣に立って同じ目線でモノをみられるように、同じペースで歩めるように、頑張っていこうと心の中で改めて誓った。

「——といった内容でいこうと思っていますが、どうでしょうか？」

結局プレゼン資料の確認だけではなく、全体を通したリハーサルまで付き合ってくれた瀬能先輩。

正直お偉いさんに見られるよりも、俺の教育係であり、全社プレゼン大会を3連覇して殿堂入りした瀬能先輩に見られる方が緊張する。

「全体的な構成も分かりやすく順序立ててまとめられていたし、弓削くんの話し方もハキハキとしていて良かったわ」

「ありがとうございます!!」

瀬能先輩に褒められるのは素直に嬉しい。

それこそお偉いさんに褒められるよりもだ。

……だからこそ俺は早くひとり立ちをしなくては、と再確認した。

このままでは瀬能先輩に気が付かれるのも時間の問題だ。

「普通ならばこれで全然問題ないのだけれど……ひとつだけ教育係の先輩としてアドバイスさせて？」

「はい。ぜひよろしくお願いいたします」

「そんなに畏《かしこ》まらないで楽に聞いてね？　弓削くん、このプレゼンは誰が行っているのかしら？」

……どういうことだ？

全く想定していなかった言葉に脳内は「？」で埋め尽くされた。

指摘ひとつで感じる瀬能先輩との明確な差。

浮かれた心は即座に静まり返り、瀬能先輩の言葉の真意を読もうと思考回路を全力で稼働させた。

「誰が行っているか……ですか？」

「ええ。プレゼンって誰が何のために行うの？」

「……私が今回行う取り組みを他部署に説明して、活動承認をもらうために行います」

「そうね。これは弓削くんが行うプレゼンなの」

「……はい」

仕事モード全開になった瀬能先輩。

放つ空気はいつも以上に身が引き締まるような厳しいもので。

視線は鋭く、俺に対して真摯に向き合ってくれていることがすぐに分かった。

「だけどこの資料には弓削くんがどうしたいのかという将来構想《ビジョン》が入っていないでしょう？　それって一番重要なことだと思わない？　……もしこのままの資料だと私が説明をするのと、弓削くんが説明をするのとでは何も差は出ないわ。それは裏を返せば誰でも作れるし、誰でもできてしまうってことになるの」

……確かにそうかもしれない。

俺の資料は概要を説明するだけのもので、自分で考えていることはあまり出せていない。

これだと俺がプレゼンする必要はない。

作った資料を読むだけでいいのなら、瀬能先輩が言ったように俺以外の人間でもできる。

「……瀬能先輩の仰《おつしや》る通りです。概要説明ばかり気にして、私の考えが全然入っておりませんでした」

瀬能先輩がどれだけ俺の先を歩いているか。

瀬能先輩がどれだけ真剣に仕事に向き合っているか。

瀬能先輩がどれだけ俺のことをしっかり見てくれているか。

その全てを一気に理解してしまったため、少し惑乱してしまった。

俺と瀬能先輩の差はひとつではなかった。

「……もう、そんなに深刻そうな顔しないの」

「……すみません」

「……かわ……んっ！　とにかく弓削くんは普通に凄《すご》いのよ？　プレゼンだってこんなに早く任されている同期の子はいないと思うわ」

「……普通じゃダメなんです」

瀬能先輩に追い付くには普通ではダメだ。

このペースじゃいつまで経っても横には並べない。

もっと早く、もっと的確に仕事をこなさないと瀬能先輩に釣り合う男にはなれない……。

などと深刻に考えていたら、瀬能先輩の口からありえない言葉が飛び出したのだった。

「弓削くん……今日――ふたりで飲みに行こっか」

飲みに行くことを宣言した瀬能先輩の行動は早かった。

すぐに立ち上がって、会議室の電気を消し。

棒立ちになっている俺に「何をしているの？　お酒は待ってくれないから早くしないと」なんてツッコミどころしかないボケ？　のようなことを言って、スタスタと歩いて行ってしまった。

きっと瀬能先輩なりの冗談を言ってくれたのだと思う。

電気を消されてしまったのでさすがにいつまでも立ち尽くしている訳にはいかない。

いつもより気持ち軽やかな足取りの瀬能先輩を追って俺も会議室を後にした。

「ま、待って下さい先輩。会議室で話があるって言ってませんでしたか？」

デスクに戻ったところで瀬能先輩に追い付いたので聞いてみたら……、

「えぇ、そうね。だからその件は居酒屋さんでさせてもらうわね」

「は、はぁ」

そんな答えが返ってきた。

話しながらも手を動かして手際良く帰宅の準備を進める瀬能先輩。

時刻は丁度定時の17時30分を回ったところだった。

瀬能先輩はあっという間にＰＣのシャットダウンまで済ませて、俺のことを見て一言。

「……私と飲みに行くの……いや？」

ほんの僅かに潤んだ瞳は俺の錯覚かもしれないが、そんな状態から放たれる呟《つぶや》きの破壊力ときたら……。

俺は即座に返答を口にしていた。それもかなり力強く、だ……死ぬほど恥ずかし過ぎる。

「そ、そんなことありません！　むしろ喜んでお供いたします！　こちらこそよろしくお願いします！」

「……よかった。じゃあ、行こっか？」

「はい！」

「おっ！　なんだ!?　定時上がりしてふたりで飲みに行くのか？」

俺があまりにも大きい声で返事をしたからか、自席に座っていた釣井《つるい》先輩から声を掛けられてしまった。

なんて答えればいいのか考え付かず、無言で固まっていたら瀬能先輩が代わりに答えてくれた。

「えぇ……デートしてきます――ふたりっきりで」

さすが瀬能先輩！　頼りにな――、

――らないッ!?

な、ななな何言ってるんですか瀬能先輩!?

デートって!?　そ、そんな訳ないじゃないですか!?

また冗談言ってますね！

……いや待てよ？　もしかして……マジでデートなのかこれ??

内心でしどろもどろになりながら誰に対してなのかひとり言い訳をする俺。

もはや軽いパニックだった。

対して瀬能先輩はいつも通りの真顔だ。

外見からは冗談なのか、はたまた本気で言っているのかどうかは全く分からない。

「そうかそうか。楽しんで来いよ～」

そして釣井先輩も至って平常通りの対応だった。

俺達に向かって手を振りながら「明日休みだからって飲み過ぎには気を付けろよ～！　それと痴話喧嘩《げんか》するなよ～！」と、笑っていた。

……いやいやいや！　なんでそんな普段通りの反応なんですか!?

色々とツッコミどころだらけですよね!?　おかしいですよね!?

「その点は大丈夫です。私と弓削くんは相性がとても良いので喧嘩はしません」

えぇぇッ!?

瀬能先輩何言ってるんですか!?

ちゃんと真実を言わないと皆《みんな》に誤解されちゃいますよ!?

「そうかいそうかい。お熱いこったねぇ～」

「なになにー？　ふたりで飲みに行くのー？　弓削くん、飲み過ぎて歓迎会みたいにならないように頑張ってねー！」

「おい瀬能、弓削のこと可愛《かわい》いからってあんまり引っ張り回すなよ？　俺らの後輩でもあるんだからな」

「なんだい？　弓削くんと瀬能くんはこれから飲みに行くのかい？　〆《しめ》のラーメンならオススメは――」

俺がひとりでおろおろしていたら、瀬能先輩と釣井先輩の会話を聞きつけた恵比寿《えびす》課長や他の先輩達も輪に加わってきた。

けれど何故《なぜ》か誰も「デート!?　ふたりって付き合ってんの!?」みたいなことを言わず、むしろ「居酒屋だったらここオススメ！」だの「デートなら駅前のイタリアンバルがオシャレでオススメかな！」だのと、ノリノリだった。

新入社員歓迎会の時にも思ったけど、総務課の仲の良さと団結力が半端無いんだが……。

このままだったら誤解されて瀬能先輩に迷惑がかかってしまう。

――ヘタレビビリの俺は意を決して言った。

「あの！　俺と瀬能先輩は付き合ってないですからね!?　皆さん誤解してませんか!?」

「「「「………」」」」

すると途端に静まり返る皆。

妙なしじまが場を支配し、気まずくなった俺は何となく照れ笑いをしてしまった。

この反応は一体？

ま、まさか皆瀬能先輩の冗談だと分かって話に乗っていたのか!?

や、やっちまった！　最高に空気読めてない発言をしてしまった!!

「……真面目かよ、全く。付き合っていようがなかろうが、ふたりで飲みに行くのは事実なんだろ？　ならそれでいいじゃねぇか」

「あはは～♪　弓削くん反応が若いねー！」

「おい弓削。照れ笑いしながらそんなこと言っても説得力ないぞ？」

「こらこら皆、弓削くんを困らせたらいけないよ？　せっかくの定時上がりなんだから、ふたりは早く行っておいで」

「……ゆげくん、か、かわいいっ！」

やっぱり皆冗談だって分かってたのか……あぁぁ恥ずかしい！　誰か俺を一発殴ってくれぇぇぇ!!

こうして恵比寿課長始め全課員の先輩方に見送られて、俺と瀬能先輩は会社を後にしたのだった。

そういえば瀬能先輩がさっきっから俺のことを見てくれないんだが、俺の空気読めない発言で怒らせてしまったのか？

◇◆◇◆◇◆◇◆◇◆◇◆◇◆◇◆◇◆

身体的な不快感で自然と目が覚めた。

「頭が……ガンガンする……」

頭痛に吐き気、喉の渇き。

完璧に二日酔いだった。

昨夜は確か……瀬能先輩とサシ飲みをした気がする。

1軒目は他の先輩に教えてもらったイタリアンバルに行って……生ハム《プロシュート・クルード》とスパークリングワインがやたらと美味《おい》しくて、調子に乗って飲み食いしたところまでは記憶がある。

以降は途切れ途切れで、上機嫌になりながら2軒目に向かったこと、帰りはヘロヘロになりながらタクシーに乗ったことしか憶《おぼ》えていない。

瀬能先輩との会話を思い出そうとしてみたが、頭痛に阻《はば》まれてぶつ切り状態の記憶の糸を辿《たど》ることはできなかった。

「……水、飲もう」

上体を起こして薄目を開けて辺りを見回してみると、間違いなく自宅だった。

どうやってここまで辿り着いたのだろうか？　……ダメだ全く思い出せない。

人間ベロベロ状態になっても家に帰ってくることができるのだから、帰巣本能というのはかなり優秀らしい。

「……水、飲むぞ！」

あまりにも身体《からだ》がダル過ぎて動く気が1％も起きないので、自分を鼓舞するように気持ち大きな声で言ってみたら、更に頭痛が酷《ひど》くなった。完全に自爆だ。

……結局起き上がるのも面倒くさくなり、再度ベッドに沈み込む。

どうせ今日は休みだし、このまま惰眠を貪ろう。

それにもう少し寝ればこの症状も少しは和らぐはずだ。

そして俺は再度意識を手放したのだっ――、

「――うぅっ？　……のむぞー……むにゃむにゃ」

横になって目を瞑《つぶ》った直後のことだった。

やけにリアルな瀬能先輩の寝言のような声が真横から聞こえてきたのだ。

……え？　幻聴か？？

反射的に目を開いて横を見て……固まってしまった。

「――ッ!?」

人は理解できない状況に直面すると声が出なくなるらしい。

そんなことを初めて知った、23の朝、だった。

……なんてのんびりしている場合ではない。

だからといって今までの人生の中で一番、周章狼狽《ろうばい》している現状では何も考えることができない。

「……すーすー」

俺の視線の先には間違いなく――瀬能先輩がいた。

唇を閉じているからこそ分かる、形の良さ。

目を閉じているからこそ分かる、睫毛《まつげ》の長さ。

こんな至近距離だからこそ分かる、肌理《きめ》の細かい白く透き通った肌。

いつもハーフアップに纏《まと》められていた艶めいた長い黒髪は解かれ、カーテンの隙間から降り注ぐ朝日によって煌《きらめ》いて見える。

眠っているからこそ改めて分かったその端麗な容姿に一瞬、我を忘れてしまった。

穏やかな天使の寝息を規則的に刻みながら、たまに「むにゃむにゃ」だの「ふにゃふにゃ」だのと寝言のような可愛らしい呪文を唱えている瀬能先輩。

……夢じゃ……ないよな⁇

現実にありえない光景だったので暫《しば》しじっくりと瀬能先輩を眺めてから、起こさないよう細心の注意を払ってベッドから這《は》い出た。ただそれだけの行動だったのにありえないほど心臓が速く動いている。このままだと妙な緊張で口から心臓が飛び出そうだ……割とマジで。

「お、落ち着け。まずは現状の把握と対策の検討を――」

我が家だというのに全く落ち着けない。

決して広くない部屋の中をぐるぐると歩き回りながら、3秒に1回は瀬能先輩の方を見て歩みを止めるという常同行動をひたすら繰り返す。

その間も瀬能先輩はぐっすりと眠っているだけだ。

……ダメだ。

このまま眺めてたら死ぬ。

間違いなく理性が崩壊して社会的に死ぬ。

緊急事態に直面して極度の興奮状態に陥ったためか、二日酔いの症状は治まっていた。

人間の身体ってスゴイな……なんてことを考えている余裕もなく、すっきりとした思考回路の中で冷静になって考える。

昨夜は瀬能先輩と飲んだ……これは紛れも無い事実。

そして何故か瀬能先輩が我が家のベッドで眠っている……これは夢かもしれない。

心のどこかでは夢ではないと分かっているのだが、そう考えておかないと理性が持たない。

「っしゃ！」

己を奮い立たせるように気合を入れて。

まずは現実なのか、はたまた夢であるのかを確認するために……息を殺してベッドで眠る瀬能先輩に匍匐《ほふく》前進で慎重に接近する。

気分はメタルギ○ソリッドのスネ○クである。

謎のテンションでもはや楽しみになっている自分がいた。

……大丈夫か、俺。

「——こちらユゲーク。これより目標《ターゲット》との接触《コンタクト》を試みるッ！」

傍《はた》から見たら、美女が眠るベッドに匍匐前進で接近しながらヤバイことを口走っている奴である……どこからどう見ても言い逃れのできない変態だ。

もし今、警察に踏み込まれたら警察密着24時的な番組などでよく見る、おはようございます逮捕、通称――おは逮、が裁判所の令状なく執行される勢いだ。

マズイと理解しているが止めることはできない。

それは絶対に確認しなきゃならないことがあるからだ。

……男女が同じ屋根の下で、しかも同じベッドで眠っていたのだ。

ま、間違いが起きていないかだけは確認するべきだろう。

やけに長く感じたが何とかベッドの縁に辿り着き、匍匐前進状態のままよじ登る。

「これより、目標《ターゲット》の掛け布団《外部装甲》を排除《パージ》する……！」

ごくりと唾を飲んでから、震える手をもう片方の手で押さえつけ、肩まで掛かっている掛け布団をゆっくりと慎重に捲《めく》る。

これでもし瀬能先輩が……裸だったら、まず土下座しよう。

それから気が済むまでサンドバッグになろうと思う。

徐々に露《あら》わになっていく瀬能先輩の上半身。

「――大佐、これは一体……どういうことだ？」

まず瀬能先輩はちゃんと服を着ていた。

この点は安心した。

……だが、その格好が謎だった。

瀬能先輩が纏っていたのは自分のブラウスではなく……白のワイシャツだった。

それも瀬能先輩には不釣り合いなほどに大きいものだ。

サイズが合っていないのは一目瞭然で、袖口からはギリギリ指先が見える程度で、首回りや腕周りはダボダボ。唯一はちきれそうになっていたのが胸回り――ってそんなところを見るな俺!! 瀬能先輩に悪過ぎんだろうが!!

荒ぶる感情を抑えるために即座に掛け布団を瀬能先輩に掛けて、ベッドの縁に座って思考する。

図らずもオーギュスト・ロダンが制作した、考える人のポーズになった。どうやら人は真剣に考え事をするときはこのポーズになるらしい。

……なんて冗談はおいておくとして、ひとつ分かったこととしては……瀬能先輩が身に着けているワイシャツは見覚えがあるので、間違いなく俺のものだということ。

なぜそんな状況になっているのか?

一体何があったら俺のワイシャツを着ることになるのか……。

いくら考えても答えは出ない。

いくら思い出そうとしても記憶は蘇《よみがえ》らない。

……酔っぱらって記憶失《な》くすとか、くそったれかよ。

「……ゆげくん、かわいぃ……すーすー」

「――かッ!?」

答えの出ない無限ループにハマって頭を抱えていたら、そんな寝言が聞こえてきて驚いてベッドから転がり落ちた。それもかなり盛大に。

身体を打った痛みやら、可愛いと言われた羞恥やら、瀬能先輩可愛過ぎかよ！　などが複雑に入り混じって床に寝転がりながら悶絶《もんぜつ》していたら……ベッドの方から物音がした。……そりゃあんだけ衝撃音を出したら当たり前か。

恐る恐る這い上がって覗《のぞ》いてみたら――、

「――ん？　……ゆげ……くん？　……おはよ」

瞼《まぶた》をごしごしと擦《こす》りながら不思議そうな顔をしている瀬能先輩と目が合った。

今まであれこれ考えていたのがバカらしく思えるほどの可愛いらしい反応だった。

それと心の底から安堵した。

瀬能先輩の反応を見る限り、ナ、ナニかがあったようには見えない。

「おはようございます先輩」

「……うん……ちょっと……こっち、きて」

掛け布団に包《くる》まったままの瀬能先輩は、ベッドをぽんぽんと軽く叩《たた》いて俺に寝転がるよう催促してきた。

いくら瀬能先輩のお誘いでも意識がある今はこれがマズいことだと理解できる。

相手は女性で、しかも憧れの先輩だ。

ここで間違いを起こすのは男としてあってはならない。

……なので丁重にお断りをした。

「すみません。それはできません」

「……ん？　はやくきて」

とろんとした瞳。

もしかしたら瀬能先輩は寝ぼけているんじゃ？

そんな答えに至り、水でも取ってこようとベッドに片手をついて立ち上がろうとしたら――、

「――ちょっ!?」

掛け布団の中から突如伸びてきた瀬能先輩の両手に摑《つか》まれ、不意を衝《つ》かれたので踏ん張ることができず、為《な》す術《すべ》もなくベッドに引きずり込まれた。

強く抵抗して瀬能先輩にケガをさせてしまったらそれこそ切腹ものなので、ガラス細工を扱うような慎重な手付きで拘束を解きにかかるが、全く外れる気がしない。

それどころかいつの間にか仰向けの俺ごと掛け布団の中に取り込んだ瀬能先輩が――全身に抱きついてきた。

布団の中で指まで繫《つな》がれ。

あげくに足を深く絡められ。

終《しま》いには首元に顔を埋《うず》められ。

指先から足先まで全身が密着した状態となり、俺は身動きが取れなくなった。

もう理性だのなんだのと悠長なことを言っている場合ではなかった。

ここまでされて堪《こら》えられる男なんていない。たとえヘタレビビリでも、だ。

俺は瀬能先輩をすぐにでも抱きしめたくなり、何とか体勢を横向きに変えようと動く……が、やっぱり身動きが取れなかった。

それほどぴったりと密着されているのだ。

生殺しだよ!!　勘弁してくれ!!

「……ゆげくんのにおいがする……あったかぃ」

「せ、先輩!　俺ッ!!　先輩のことが――」

「――すーすー……すーすー」

そして至近距離から聞こえてきたのは瀬能先輩のいつもの天使の寝息だった。

前回もあったため、なんとなくこの状況になる気はしていたし、こんな状態で間違いを起こすのはダメだろうと急激に冷静になっていく自分がいた。

「……ですよねー」

何とか片手を出してせめてもの反撃として瀬能先輩の頭を撫《な》でながら、その心地好《よ》い寝息に誘われて俺は再度眠りに落ちたのだった……。

◇◆◇◆◇◆◇◆◇◆◇◆◇◆◇◆◇◆

まだ微睡《まどろみ》から抜け切れていない頭でぼんやりと考える。

あったかい抱き枕。

それはすっごい魅力的なもの。

冷え性で抱き枕がないと眠れない子供っぽい私からすると、夢のアイテム。

私が普段愛用している三日月形の抱き枕はただのビーズクッションだから、抱き心地は好いのだけれど、決してあったかくはない。

なのにどうして……、

「あったかいの」

寝言のように自然と疑問が零《こぼ》れていった。

今私が抱いている枕は何故かあったかいのだ。

それにいつもの抱き枕よりいっぱいくっつけるので、すっごく安心感がある。

——こんな抱き枕が開発されていたなんて！　……幸福感に包まれながら私はもっとギュッと抱きしめて、顔を埋めた。

「うぐっ……」

……うぐっ？　うぐっ!?

抱き枕が、喋《しゃべ》った。

抱き枕が——喋った!?

あったかい抱き枕が「うぐっ」って言った!!

まさかあったかくて、いっぱいくっつけて、喋る抱き枕が開発されていたなんて！　……ちょっぴり興奮したせいか、意識が急に覚醒して。

私はゆっくりと瞼を開いた。


「……………………」


瞬《まばた》きをぱちくりと数回繰り返し。

たっぷり30秒くらい抱き枕くんをボーっと眺めてから、自分の頬《ほ》っぺたを思いっきりつねった。

「——いたいっ!?」

きっとこれは夢と思って強くつねってしまった。

ジンジンとする痛みに堪えれなくて、情けない声が出ちゃったので少し恥ずかしくなって慌ててお布団にもぐる。頭まですっぽりもぐる。……もぐもぐ。

——ゆ、ゆげくんが、なんでっ!?

真っ暗なお布団の中でこんな事態になっているというのに、あったか弓削《にや》くん抱き枕に抱きついたまま一生懸命に思い返す。

なんでこんなことになったのかしら？　と。

——昨日はプレゼンの資料も良くできていたのに、どうしてか弓削くんが落ち込んじゃって。

そんな姿が……か、かわいくて、ついほっとけなくて、元気付けてあげたくて、一緒に飲みに行こうと思いきって——デートに誘っちゃったのだ。……自分でもごく自然に誘えたことにすっごいビックリした。

それから皆に教えてもらった、デートにオススメのオシャレなイタリアンバルにふたりで行って。

私から伝えたかったふたつのことを弓削くんに言ったら、目を見開いてすっごく驚いててかわいかったなぁ……。

……んっ！

……そこから弓削くんがどうしてか急にハイペースで飲み始めちゃって、ずーっと「先輩はカッコイイ」とか「人として、社会人として尊敬してます」とか「先輩に早く追い付きたい」とか……。

終いには「俺は先輩を支えたいんです！　横に立って一緒に歩んで行きたいんです」なんて嬉しくなることを言ってくれた。

――初めは私と同じ新入社員代表に選ばれた年下の男の子くらいに思ってた。

けれど、入社式の最中に課長から私の直属の後輩になると告げられて、新入社員代表で総務課配属ということもあって親近感が湧いた。

意識してからの第一印象は礼儀正しくて真面目だけど、答辞でもあったようにアドリブもきく面白い子。

それでつい気になって自分から話し掛けに行ってしまった。……他人のことが気になって声を掛けるのなんて生まれて初めてのことだったので、私自身内心で首を傾《かし》げてたのは内緒。

それからはあっという間。

弓削くんは同期の子の誰よりも早く仕事を覚えて。

時には私が気付けなかったことや、ちょっとしたミスにも気が付いてくれたり。

私を懸命にサポートしようと教えてもいない雑務を完璧にこなしてくれたりと。

全く手のかからない――気配りのできる後輩くんだった。

だから、落ち込んだ表情を見せてくれた時は……かわいいと思った以上に、実は嬉しくなって。

本当はそんな弓削くんのことが――気になって気になって仕方なくなってしまったのだ。

——そこまで思い至って、顔から火が出そうなほど熱くなっていることに気が付いた。

……これは……きっと……弓削くんがあったかいせいだ。そうに違いない！

自分でも分かるあまりにも稚拙《ちせつ》な言い訳じみた結論。

そうでもしないと今のこの状況に対処できないので、私なりに自分を誤魔化したつもり。

のそのそとお布団から顔を出して、ふーっと吐息を吹きかければダイレクトに伝わってしまうほどの至近距離にある弓削くんの顔を見る。

すやすやと穏やかな寝息を立てる弓削くん。

会社ではいつも気を張っているみたいなので、こんな無防備な顔は初めて見たかも……。

自然と緩む頬を隠すように弓削くんの胸に顔を埋めたら、呼吸の度に上下していて不思議と安心できた。やっぱりあったかいのは落ち着く。……ん。おこたみたい。ずっとこのままで……、

………あ、あぶない。また眠っちゃうところだった！

名残惜しいけれど、あったか弓削くん抱き枕から離れて上体を起こす。

時折口がもにゃもにゃと動いたり、眉がピクピクと揺れるのを見て思わず頬っぺたをつついてしまった。

すると「やめっ……先輩《しえんぱい》……」と、目をギュッと瞑って寝言を漏らす弓削くん。

……か、かわいいっ！

そんな反応がもっと見たくて、ついつい頬っぺただったり、おでこだったり、顎だったりを、つつく、つつく、つつく。

「なんっ……くすぐったい……」

中々目を覚まさない弓削くん。

昨夜は2軒目のBARに行く前から潰れちゃってたから、眠りが深いみたい。

――そのことに気が付いた瞬間、私は自分でも理解できない行動をとってしまった。

弓削くんの頭を撫でながら少しずつ、ほんの少しずつその顔に近付いて。

無意識のうちに自分の唇を舐《な》めて。

……弓削くんの……彼の右頰に――キスをしてしまったのだ。

永遠にも感じられる、一瞬。

わずかな接触だけど、確かな好意を持ったスキンシップ。

はっとなって顔を上げ。
自分の唇を指で触れながら、込み上げる感情になんとか栓をしようと抗《あらが》う。
……私は今……何をしたの？
……キス？
……どうして？
……どうしてそんなことをしたの？
……好きだから？
……彼のことが、好きだから？
——ダメ。それは考えてはいけない。
——これは私が勝手に思ってしまったことで、彼は望んでいないかもしれない。
——これは私のワガママだから、彼には迷惑を掛けてはいけない。
——この想《おも》いは、絶対に出してはいけない。
いつの間にか私の頬を雫《しずく》が伝っていった。
彼のことを考えれば考えるほど、苦しくなって。
彼のことを想えば想うほど、感情は溢れていって。
……私は28にもなって、ひとりで泣いてしまったのだ。
これ以上彼の近くにいたら、もう抑えられなくなる。

これ以上彼を見ていたら、彼が尊敬してくれているカッコイイ私を保てなくなる。

離れないと。

すぐにここから出ないと。

でないと私は――。


――先に帰る旨の書き置きをして、私は逃げるように彼の家を後にした。

◇◆◇◆◇◆◇◆◇◆◇◆◇◆◇◆

昼過ぎに目が覚めると二日酔いの症状もかなり緩和されていたので助かった。

スッキリとした視界で辺りを見回してみると、既に瀬能先輩の姿はなくなっていた。

あれはやはり白日夢《ディドリーム》で幻だったのかもしれない。

そう考えてベッドから降り、ふとテーブルに目をやったら、何やら折りたたまれたメモのようなモノが置いてあった。

手に取って中身を確認してみると、いつも見ている瀬能先輩の几帳面な字で書いてあったので、やはりあれは幻ではなかったようだ。

それと何故だか、ところどころ水で滲《にじ》んだような跡がある。……瀬能先輩が水でも飲んだ時に少し零してしまったのだろうか？

……え～っと、何々？

『――お寝坊さんな後輩くんへ

昨日は遅くまで付き合ってくれてありがとう。

酔っぱらった弓削くんは中々に面白かったわ。

それと改めて伝えておくわね。

来週の木曜日から九州に出張だから準備しておくこと。

後、７月１日付で私は弓削くんの教育係ではなくなるから。

……でも安心して？

弓削くんのことは私が責任を持って、立派な後輩くんにしてあげる。

それにきっともっといっぱい弓削くんのことを見てあげられるようになるから。

来週の人事発表を楽しみにしていてね？

――カッコイイ先輩より

追伸

パジャマ代わりに弓削くんからお借りしたワイシャツは、クリーニングしてお返しします。

弓削くんのワイシャツ大きいのね？

少しビックリしたわ』

――メモの内容を見て、ぶつ切りになっていた記憶の糸が徐々に繋がっていく。

……そうだ。

1軒目で瀬能先輩から「来週の木曜日、私と弓削くんのふたりで出張がある」と言われて、若干酔っぱらっていた俺はひとりで勝手に盛り上がってそこからハイペースで飛ばしてしまったのだ……。

率直な感想を言えば、瀬能先輩とふたりきりで出張なんて最高過ぎる。

憧れの女性とふたりでどこかに行けるなんて、たとえ出張だとしても俺にとってはご褒美なのだ。

……だが酒が抜けている今は不安しかない。

ただでさえ瀬能先輩に俺の勝手な好意が伝わらないようにと、最近はふたりでいる時間を極力減らしていたというのに……。

天然でぽんこつなのに変なところは鋭い瀬能先輩相手に、これ以上気持ちを隠すことが果たして俺にできるのだろうか？

……もし瀬能先輩に好意がバレてしまったら……今まで通りの関係でいられなくなるのではない

だろうか？

不安どころか恐怖にも近い感情だ。……さすが俺。ヘタレビビリは今日も健在だ。

「先輩が教育係でなくなる……」

これも素直な気持ちとしては残念で仕方ない。

けど瀬能先輩と距離を置いて、クールダウンができると考えれば悪くもない……いや、強がりを言った。

本心を言えば残念どころか悲しい。

近くにいたいのに自分を律することができないから自ら距離を空けて、それなのに強制的に離れることが分かった途端、やっぱり瀬能先輩と一緒にいたいと思ってしまうのだ。

ワガママ過ぎるだろ俺。

自分のことだというのにままならない。

——これが人を好きになるということなのだろうか。

……一先《ひとま》ず瀬能先輩に電話をしておこう。

恐らく昨夜のお礼などはベロベロ状態では言っていない気がするので。

テーブルの上に置いてあったスマホを手に取り、電話帳に登録されている瀬能先輩の番号に掛けた。

そういえば瀬能先輩はどうやらＲＩＮＥ《ライン》をやっていないらしい。

以前尋ねたら「……線《ライン》？　……糸……あやとり？　あやとりは得意！」と、謎の解釈をしながら得意《どや》げな顔で語っていたので、恐らく間違いない。

『――あっ先輩』

『――こちらは留守番電話サービスです――』

数コールの後に繋がったと思ったら留守番電話サービスのアナウンスで、ひとり恥ずかしさに悶《もだ》えながらメッセージを残した。

『先輩、昨夜は色々とご迷惑をお掛けして申し訳ありませんでした。家にまで送ってくださって、心配だからと泊まって俺のことを看《み》てくれたんですよね？　本当にありがとうございました。それと書き置きの内容承知いたしました。出張の準備を進めておきたいと思います。……また、そ、その……ふたりで飲みに行け――』

『――録音を終了いたしました』

「あぁぁッ!?　やっちまった！」

恥ずかしがったせいで無駄に時間を使った挙句いいところで録音終了となり、思わず叫んでしまった。

もう一度メッセージを残すのはいくらなんでもダサ過ぎる気がしたので、スマホをベッドに放り投げてから一旦落ち着こうと風呂に向かった。

さっきの留守電には俺の想像で言ってしまったが、どうして瀬能先輩が家に泊まったのかまでは思い出せなかった。多分完全に寝落ちしていたのだろう。

脱衣所で寝巻のスウェットを脱ぎながら……え？　ちょっと待てよ？

いつも通り過ぎて気が付かなかったけど、なんで俺着替えてるんだ？

着替えたってことは少なからずパンツ姿になったってことだよな……？

う、嘘《うそ》だろ!?　瀬能先輩にパンツ姿見られたのか……なっ……どうしよう……って俺は女子か!!

何だかマズいことに気が付きつつあったが、強制的に思考を停止させてスウェットの下を脱いで
――呆然《ぼうぜん》となってしまった。

……あれ？　なんで俺……パンツまで穿《は》き替わってるんだ？

お、おい!?　昨日は本当にナニもやってないよな!?

答えてくれよ俺の息子《マイサアアンツ》!!

そして俺は必死になって記憶を掘り起こそうと、パンツ一丁のまま部屋の中をグルグルと歩き回った……。


週明けの月曜日。

俺は久しぶりに2番乗りの出社をした。

早く来てしまうと瀬能先輩とふたりきりになってしまうので、ここのところはあえて出社時間を遅らせていたからだ。

「おはようございます先輩」

「……おはよう……弓削くん」

隣のデスクにいた瀬能先輩は今日もいつも通り冷静沈着美女《クールビューティー》だったが、心なしか元気がないような……。

結局留守電にメッセージを残して以降、瀬能先輩からは特に連絡が無かったので今日は早く来て直接お礼を伝えようと思い、早朝出社を敢行したのだ。

「先輩、金曜日は色々とご迷惑をお掛けして申し訳ありませんでした。わざわざ自分のことを心配してくださって泊まっていただいたのも、本当にありがとうございました」

「私から誘ったのだからそんなに気にしないで。後これ……弓削くんに借りていた……ワイシャツ……」

そう言って瀬能先輩がモニター画面を見つめたまま、袋に入った俺のワイシャツを渡してきた。

……これってどう見ても新品だよな？

袋が紳士服メーカーのものだったので、もしやと思い中身を確認したらやはり未開封のワイシャツが入っていた。

「えっ!?　これ新品じゃないですか!?　悪いですよ!!」

「だ、だめっ!!　お家《うち》に帰って……よ、汚しちゃったから……絶対にこれ貰《もら》って！」

もしかして俺のワイシャツを着たまま帰って、コーヒーでも零してしまったのだろうか？

どんな理由にせよ貰わないと瀬能先輩が引いてくれる気がしなかったので、頂いてから話の切り替えを図った。

「は、はい。ではありがたく頂戴《ちょうだい》いたします。……ところで先輩大丈夫ですか？　もしかして体調不良ですか？」

「そ、そんなことない……」

瀬能先輩は相変わらずモニター画面を見つめたまま、力なくそう零した。

……これは間違いなく無理をしている気がする。

きっと熱でもあるのに責任感の強い瀬能先輩のことだから、会社に出てきてしまっているのではないか？

そう考えてしまうと気になって気になって仕方がない。

「本当ですか？」

「……本当……」

「ならば俺の目を見て言ってください」

こちらを向いてくれれば顔色である程度体調が判断できるはずなので、なんとか瀬能先輩に俺の方を見てもらうように仕向けてみるが……、

「……今忙しいからダメ」

断固として向いてくれない。それに手も動いていないので忙しいというのは嘘っぽい気がする。

これはいよいよ瀬能先輩が体調不良を隠そうとしている可能性が濃くなってきた。

恐らく俺が顔色で体調を見抜こうと考えていることくらい、鋭い瀬能先輩には既にバレているだろう。

……そうなれば俺は瀬能先輩の予想超える一手を繰り出さないと、その体調不良を暴くことはできない。

はたして俺なんかが瀬能先輩を超えられるのか？

これは瀬能先輩を支えたいと勝手に思っている俺には、必ず突破しなくてはならない究極の試練だ。

ここを超えられなければ今後俺は瀬能先輩の体調不良を見抜けないということになるのだ。

俺にとっては絶対に負けられない世紀の一戦のようなもの。

……いざ、尋常に勝負！

「……先輩、それなら――にらめっこ――しませんか？」

――我ながら震えてしまうほどの完璧な作戦だった。

作戦内容はこうだ。
1、にらめっこならばごく自然に向き合うことになる。
2、そうすれば顔色なんて見放題になる。
3、そこから瀬能先輩の体調不良を指摘して、今日は早退してもらう。

……パーフェクトだな。

「……どうして急ににらめっこなの？」

「そ、それは……どうしても俺の面白い変顔を先輩にも見てもらいたくてですね……」

「面白い顔だめ。かわいい顔もカッコイイ顔もだめ……それと普通の顔も……やっぱりだめっ！」

想定外の返しだった。

俺はなんて甘い考えをしていたのか。

瀬能先輩がにらめっこを拒否した場合のことを全く考えていなかった。

瀬能先輩はぽんこ……じゃなくて天然なので、わくわくするようなことを提案すれば乗ってきてくれるものだと考えていた。

……クソ！　俺にはまだ瀬能先輩を超えることなんて夢のまた夢なのか……？

いや、そんなことを嘆いている暇はない！

すぐに次の作戦に移るぞ！

「それならば――あっちむいて……ほい――なんてどうでしょうか？」

「……あっちむいて……ほいっ！」

かかった！　瀬能先輩が興味を示したぞ！

ピクッと一瞬だけ揺れた瀬能先輩は背筋を一直線に伸ばして「……ふ〜ん……あっちむいて……ほいっ……あっちむいて……ほいっ♪　ね……」と呟きながら、僅かに顔を上下左右に向けたりしてウォーミングアップをしている。……くうぅぅ！　可愛過ぎてここで満足しそうだ。

……だが心を鬼にして追撃の誘い文句を放つ。

あと一押しだ！　それで瀬能先輩の体調不良を見破るのだ！

「先輩、ただ単にあっちむいて……ほいをやっても面白くないので、ひとつ賭けをしませんか？」

「……賭け？　……一体何を賭けるというの？」

今の瀬能先輩を犬に例えるとすると、恐らく尻尾が千切れそうなほどブンブンと勢い良く振り回しているはずだ。……要するにかなり乗り気な感じだ。

何故かと言うと「――ま、まさか……最高級北海道産鮭児の鮭フレークが景品なのっ!?」と、決まってもいない賭けの内容を想像し、それでならば乗ってきてくれそうな回答を自ら、ノリノリで暴露してくれたからだ。なんだこの可愛い生物は！

「よく分かりましたね！　景品は北海道産鮭児の最高級鮭フレークです！」

「…………っ!?」ごくりと喉を鳴らす瀬能先輩
まだ押しが弱いか!?

くっ……今更引くことなどできぬ！

ここは押しの一手だ！

「しかも2個……」

「…………」ぷるぷるしている瀬能先輩

「かと思いきや3個……」

「…………」ぷるぷる+貧乏ゆすりをしている瀬能先輩

「に見せかけて4個……」

「……んんんっ」更に小さく唸《うな》り出した瀬能先輩

「だったはずが！　今ならなんと……おまけにもう1個ついて……合計5個です！　こんなチャンスはもう二度とありませんよ!?　さぁ、乗るか乗らないか？」

「──のったぁぁぁぁっ!!」ロケットのように飛び上がって椅子を倒す瀬能先輩

こうして瀬能先輩の体調不良を見破るための真剣勝負が始まったのだった。

……あれ？

これって……あっちむいてほいが始まった瞬間に俺の目的って達成されるよな？

しかも全然知らないで景品ってことにしちゃったけど、北海道産鮭児の最高級鮭フレークって一体いくらするんだ!?　誰か教えてくれぇぇぇ……!!

あまりに勢い良く立ち上がった瀬能先輩は、あろうことかキャスター付きの椅子を倒すというミラクルを起こし、その衝撃音に自分でびっくりして固まっていた。

しかも──俺の方を見ながら、だ。

驚きのあまり口を開けてパチパチと瞬きをしているその様子に身悶えながら、即座に顔色を確認する。

透明感のある美白な肌を持つ瀬能先輩だからこそ、顔色の変化は非常に分かりやすかった。

いつもより確実に頬が赤みがかっている。

……だがこれが体調不良によるものなのか、それとも驚いたからなのかは判断がつかない。

なので俺は次なる手段を考えた。

顔色で判断ができなかった場合……次は表面温度で体調不良かどうかを見抜くしかない。

すなわち直接瀬能先輩のお、おでこに……触れるのだ。……想像しただけで緊張してきた。

だけどここで引いたら瀬能先輩が本当に体調が悪かった場合、俺は躊躇《ためら》ったことを一生後悔するだろう。

……だから攻める！

今だけはヘタレビビリの汚名を返上させてもらおう！

「先輩、そんなに嬉しかったんですか？」

「うんっ！　あたりまえ！　だって鮭児の鮭フレークだよ!?　1個9000円くらいするの！」

えぇっ!?

9000円??

……9000円だって!?

それだと5個で――45000円ってことか!?

ヤバイ……。

これは負けられない！

絶対に負けられない!!

……だって４５０００円って俺の1か月分の食費より遥かに高いんだぞ？

そりゃあ瀬能先輩もハイテンションになる訳だ。

「……負けませんよ先輩！」

「……望むところぉっ！」

勝負にはお財布的な問題で負けたくはないが、俺の本当の狙いは瀬能先輩の体調不良を見抜くことなのだ。

……だが俺の真の目的を知る由もない瀬能先輩はやけに真剣そうな表情を浮かべ、両手をクロスしながら前に出し、指組をしてから手前にくるりと捻《ひね》って、その手の中を「うぅ～ん」と唸りながら片目を瞑って覗き込んでいた。

――出たぁぁッ！

何の手を出すか占うやつだ！

よく小中学生の頃やってるやつがいたな～。

どうやら瀬能先輩は本気《マジ》で勝つつもりのようだ。

「むぅぅ……」覗き込む瀬能先輩

「…………」無言で見守る俺

「んんん……」まだ覗き込んでいる瀬能先輩

「……見えましたか？」

「まっくらで全然見えないっ!!」覗き込んだまま顔を左右にブンブンと振る瀬能先輩

か、可愛い！

髪も気にしないでブンブンしている瀬能先輩が反則的なまでに可愛いんだが!?

片目を瞑って真面目な表情をしながら頭《かぶり》を振る瀬能先輩からは、ぽんこつな可愛さが確かに溢《あふ》れていた。

おまけに髪を左右に振ったおかげで、シャンプーなのか……コンディショナーなのかは分からないが、とにかく女性らしい甘くて華やかな香りがした。

「先輩、蛍光灯とか光源の方を見ないと、どう考えても真っ暗で何も見えないと思いますよ？」

「……し、知っていたけれど！　普通に知っていたけれどっ!?　ただ弓削くんを試しただけだけれどっ!!」

俺の冷静な指摘に急に敬語になって反論してくる瀬能先輩。

これ九分九厘知らなかったパターンだな。

恥ずかしくなって照れ隠しで口調だけはいつもの冷静沈着《クール》な状態に戻ろうとしたんだな……おかしいな、ここにきて瀬能先輩のぽんこつ可愛いが火を噴き始めたぞ？

「……それで見えたんですか？」

「……全然……わっかんっないっ！」

蛍光灯の方を向きながら手の中を覗き込んでいた瀬能先輩、がおろおろしながら俺に必死になって訴えかけてきた。……いや、勝負相手にそんなに訴えかけられても困るんですが。

「別にジャンケンで負けたとしても、勝負はあっちむいてほいなんですから大丈夫ですって」

「……ん」

少し不満げに頷《うなず》く瀬能先輩。

どう見ても今にも泣き出しそうなほど、べそをかいていじけているようにしか見えなかった。何が何でも勝ちたいらしい。

「いきますよ！　最初はグー、ジャンケン――」

「ポン！」

「…………」絶望的な表情で俺のパーを見つめて固まる瀬能先輩
ジャンケンは俺がパーを。

瀬能先輩がグーを出したので、俺の勝ちだった。

……さぁ、俺の正念場はここからだ。

俺の作戦はあっちむいてほいをやると見せかけて――、

「あっちむいて………」

「…………」今度は俺の人差し指を見つめながら息を呑《の》む瀬能先輩

「――先輩、やっぱり無理してますね？」

そのままおでこに手を当ててるというシンプルなものだ。

別に俺の指が冷えているという訳でもないのに、瀬能先輩のおでこが熱く感じたので間違いなく発熱している。

気が付けて良かった。

「…………んっ!?」

「熱ありますよね？」

「……な、ない！　熱ないっ!!」

口ではそう言ってもおでこは正直だ。

俺の手を何とか引きはがそうとする瀬能先輩の両手を押さえて、自分でも驚くほどの鋭い声が出てしまった。

「先輩！

……俺は先輩のことが心配なんです！

体調が悪いのに頑張って無理をする姿なんて見たくないんです！

辛《つら》かったら俺に言ってください。

少しでも体調が悪いのならば俺を頼って下さい。

……確かに俺は先輩から見たら頼りないかも知れませんが……。

それでも、精一杯、目一杯、先輩のことを支えますから。

――だから、俺には遠慮なんてしないでください。

――後輩の前だからって、いつもみたいにカッコよくあろうとしないでください。

……先輩、本当に体調は……悪くないですか？」


またやってしまった。

自分の感情を制御できずに思っていることを全て曝《さら》け出してしまった。

……でも今はそんなことなんてどうでもいい。

瀬能先輩が素直になってくれさえすればいい。

恥ずかしいだの、死にたいだのは後で好きなだけ考えてひとりで悶えればいいのだ。

瀬能先輩は急に大人しくなって、俯《うつむ》いたまま黙っていた。

静謐《せいひつ》な朝の空気が俺達を包んだが――それも突然終わりを迎えた。

「……かっこわるくても……いいの？」

瀬能先輩が俺の胸に顔を埋めるように、前から寄り掛かってきたのだ。

正直言って内心はパニックの嵐が吹き荒れていたが、爪が食い込むほど手を強く握り込んで無理矢理抑え込んだ。

今は俺が動揺なんてしていい時じゃない。

……ヘタレビビリでも少しはカッコつけたい時もある。

それが正しく今だった。

「はい。俺はカッコ悪い先輩も結構好きですよ？」

「……つらかったら……たよっても……いいの？」

呟く瀬能先輩の声にいつもの凛とした勢いはなく、ただただ弱々しいものだった。

……やはり無理をしていたらしい。

「はい。俺は先輩の直属の後輩なんですから、もっとこき使ってくれていいんですよ？」

「――なら……わがまま……いってもいい？」

「もちろん。俺でできることならなんだってしてしますよ？」

そして瀬能先輩は不意に顔を上げて。

今にも雫が零れ落ちてしまいそうな瞳で真《ま》っ直《す》ぐに俺のことを見つめて。

ぽつりと言った。


「――抱きしめて？」と。

周囲が静まり返っているからこそ自分の心臓がいかに速く動いているかが分かる。

瀬能先輩のワガママが想定外過ぎたのだ。

俺は瀬能先輩を見つめたまま、無意識で行う瞬き、それに呼吸をするのも忘れてただただ呆然と立ち尽くした。

普段ならば実際には声に出さずとも、内心で雄叫《おたけ》びを上げたりしていたが、今はそれすらもままならない。

それだけ衝撃的で。

あまりにも刺激的過ぎた。

瀬能先輩の整った顔はすぐ目の前にある。

それこそ目と鼻の先に憧れの女性がいるのだ。

そんな想いを寄せる人に突然「抱きしめて？」と言われたら、今の俺のようになるのはごく自然なことだと思う。

どれほど経ったのかも分からないが、返事もせずに棒立ちしていたからだろう。

瀬能先輩がひどく不安そうな表情を浮かべ、こちらを窺《うかが》うような上目遣いを向けて、僅かに残っていた理性を木っ端微塵《みじん》にする追撃の一言を放ってきた。

「――だめ？」

目尻に溜《た》まった雫は瞬きをすればすぐに落下してしまいそうだ。

何が瀬能先輩を追い詰めているのかは分からない。

もしかしたら俺が考えている以上に体調が悪くて辛いのかもしれない。

ひょっとしたら寒気がひどくて温まりたいだけなのかもしれない。

……そうだ。

きっと他意なんてない。

それならば俺は瀬能先輩を少しでも楽にしてあげたい。少しでも力になりたい。

そう一度思ってしまったら身体が自然と動き出した。

両手を瀬能先輩の華奢《きやしや》な背中に回して、壊れ物を扱うようにゆっくりと優しく抱きしめた。

「……先輩」

「………………んんっ」

瀬能先輩の口から漏れた吐息が俺の耳をくすぐる。

いつもならばこそばゆいと感じるはずなのに、今は途方途轍《とてつ》もなく心地好かった。

「もっと……ぎゅってして？」

「は、はい」

甘えるような声音の催促が鼓膜を直接揺らす。

度々聞こえてくる微《かす》かな息遣いが理性を狂わす。

俺は言われるがまま瀬能先輩を強く抱き寄せた。

この気持ちを悟られないようにしていたはずなのに。

これではもう無理かもしれない。

瀬能先輩に俺の好意がバレてしまった気がする。

「……弓削くんのにおい……やっぱり安心する……」

いつの間にかもう一度俺の胸元に顔を埋めた瀬能先輩が、グリグリと顔を押し付けてそんなことを言った。

その言葉を聞いてどこかに出掛けていた羞恥心が舞い戻り、慌てて離れようと両手を開いて後ろに下がろうとしたのだが……、

「まだ……だめ」

――今度は逆に瀬能先輩に抱き寄せられてしまった。

「そろそろ誰か来るかもしれないのでさすがにマズいですって!?」

「私のわがまま……きいてくれるって……言ったぁ」

俺のことを見上げていじけたように子供っぽく下唇を尖らせる瀬能先輩。

質《たち》が悪い。

こんな反応を自覚なしにやるのは明らかに反則だ。

しかもそれに加えてこの言い方だ。

……どうやら俺に断るという選択肢は残されていないようだ。

「誰か来たらすぐにやめますからね？」

「うん。……弓削くん……頭も撫でて？」

——あれ？　そういえば瀬能先輩、体調悪かったんじゃなかったのか？

むしろ絶好調だと言わんばかりの満面の笑みで俺を見つめてくる瀬能先輩。

それどころか「弓削くんのおかげで落ち込んでたのに、弓削くんのおかげで元気出た」と、訳の分からないことを言っている。

……これ絶対俺が早とちりしたパターンだわ。

胸中で叫ぶ気力も失くした俺は、心を無にして瀬能先輩の頭を撫でるのだった……。

◇◆◇◆◇◆◇◆◇◆◇◆◇◆◇◆◇◆

「……釣井先輩の予想通り、本当にふたりとも早くから来ましたね」

「だろ？　賭けは俺の勝ちだな」

ガラス張りの休憩スペースには複数の人影があった。

言わずもがな総務課の面々だった。

皆体勢を低くして可能な限り気配を消し、総務課のオフィススペースを窺っている。

視線の先にいるのは弓削と瀬能の仲良し先輩後輩コンビだった。

デスクが隣同士のふたりは互いに椅子に座って何かを話している。

だがその声は区切られた休憩スペースには当然届かない。

「何言ってるんですかー？　早朝に　密会をしたからって、別に付き合い始めたって証拠にはならないと思うんですけど？」

「……金曜日にふたりで飲み《デート》に行って恐らく付き合い始めたはずだ。付き合い始めってのは1秒でも長く一緒にいたいと思うもんだろ？　そうでもなけりゃ月曜のこんな朝っぱらに、ましてや会社に来るなんてありえん」

「うわー。釣井先輩が付き合い始めの心理まで読んでるなんて……控えめに言っても変態っぽいんですけどー」

釣井の一回り以上も年下の後輩――小原朱莉《こはらあかり》が笑い声を零しながら、隣に立つ男に声を掛けた。

「甲斐《かい》先輩もそう思いますよねー？」

「同意だな」

「かぁ～っ！　可愛くねぇ後輩達だなぁ」

何度も首を縦に振った――甲斐雅紀《かいまさき》は、同じく身をかがめてポケットから飴《あめ》を取り出している男に話し掛けた。

「課長……よくこんな状況で飴なんて食えますね？」

「僕は甘いものが大好物だからね〜。なんなら瀬能くんと弓削くんを眺めながら、チョコだっていけるよ？」

「少し控えないと……これから糖尿病になっても知りませんよ？　——俺は忠告しましたからね」

「はっはっはっ！　むしろどーんとこいだよ？」

恵比寿は丸々太った腹を叩くと飴を口の中に放り込んだ。

今食べ始めたのはお気に入りのパイン飴で、甘さが控えめのものだった。

部下の手前強気に振る舞っている恵比寿だったが、その実、内心では怯《おび》えていた。

健康診断の度に上がる血糖値が危険水域に迫っていたからだ。

恵比寿の心情としてはふたりがこれ以上過度にイチャつかないことをただ願うばかり。

……だがそんなささやかな願いは早速破られそうだった。

「あー！　見てください見てくださいっ！　芹葉ちゃんがロケットみたいに立ち上がって固まってますよー！　……もうっ！　芹葉ちゃんほんとかわいすぎません!?」

「わぁー！　今度はジャンケン始めましたよー！　一体何するつもりなんですかねー？」

「おい小原！　もう少し静かにしろ！　バレたら俺の昼飯奢《おご》れよ？」

——そんな4人の、ふたりの仲を見守り隊の任務はまだ始まったばかりだった。

◇◆◇◆◇◆◇◆◇◆◇◆◇◆◇◆◇◆◇◆

――いいか？

俺はロボットだ。

瀬能先輩の頭を無心で撫でつけるロボットだ。

そう自分に言い聞かせて心を落ち着かせ、瀬能先輩の頭をぽんぽんと撫で――、

「あっちむいてほい……弓削くんの反則負け？」

――ている場合ではなかった。

俺が早とちりして瀬能先輩は体調が悪いと思い込み、あっちむいてほいをやると見せかけて額に手を当てて体温を調べた。

この行為は確かに反則と言えば反則。

……だが負けを認めれば４５００円分の最高級鮭フレークを買うことになる。

社会人になってまだ3回分しか給料を貰っていない俺には随分とヘビーな額だ。

いや、給料を何回貰おうが1か月分の食費すら超えているこの金額はやっぱりスーパーヘビー級過ぎる。

けれどここで自分の非を認めないのは人としてどうかしていると思う。

反則をしたのだってそもそもは俺の早とちりが原因なのだから……ここは覚悟を決めよう。

これからは毎日もやし炒《いた》め生活だ！　そんな決意を胸に口を開いた。

「はい。俺の反則負けですので、景品の北海道産鮭児の最高級鮭フレーク5個を――」

「――待って？　……ねぇ、弓削くん。そもそもどうして反則をしたの？」

見れば瀬能先輩は真面目な硬い表情をしてちょこんと小首を傾げていた。

俺はルーティンワークをこなすロボットになっていたので、瀬能先輩の首が動いたことでポイントがズレて空中を撫で続けていた。……傍から見たら完全にアホなやつだと思う……なんせ俺自身もそう思っているので間違いない。

だが今ポイントの微調整を行っている余裕はなかった。

「それは……俺が早とちりをしただけなので気にしないでいいですよ」

「それならばどうして早とちりをしたのかしら？　それと……ちゃんと頭撫でて？　撫でてくれないと……いや」

相変わらず虚空を撫でていたら瀬能先輩から警告が入ったので、慌てて座標を再設定して無心で頭を撫でるロボットに戻る。

今余計なことを考えたら自爆して俺が顔を真っ赤にして身悶えそうなので、まだしばらくはロボットモードを継続しなくてはならないようだ。

「先輩の体調が悪そうに見えたので俺が勝手にやったことです」

「弓削くんは私の体調を心配してくれた……つまるところそういうことよね？」

「そうかもしれないですけど、反則行為をやったことは事実ですから」

「いいえ、それは違うわ。ハッキリとしていることは、弓削くんが誤解するような態度をとった私に……非があるということだけ」

俺に抱きついたままふるふると左右に首を振る瀬能先輩。

いつの間にか顔は真剣モードになっている。

俺が反則行為をしたというのに、瀬能先輩が断固として認めてくれない……。

だが俺も瀬能先輩に鮭フレークをプレゼントできるなら、と既に毎日もやし炒めで過ごす覚悟を決めていたため、引き下がることなく食らいつく。

「それこそ違いますって！　別に先輩はわざとそんな態度をとった訳じゃないんですよね？」

「それはもちろん弓削くんの指摘の通りなのだけれど……。私が勝手に悩んで落ち込んでいただけなのだから、やっぱり弓削くんに落ち度はないわ」

「だったら瀬能先輩が落ち込んだのはどうしてですか？　さっき俺のせいで落ち込んだって言ってましたよね？」

瀬能先輩が目つきはキリッとしたまま、口をへの字にして「痛いところを衝かれた」と言いたげな表情を浮かべてから、俺の胸にぽふっという音とともに顔を押し付けてきた。

こ、これ以上一体何をするつもりなのか？　もしかして俺のなけなしの理性を粉々にするつもりなのだろうか？　……もうやめて！　俺のライフはとっくに0なので!!

「ほへひほへい！　ほへひほへいふぁはらぁっ！」

――で、でた！

瀬能先輩お得意ののもぐもぐ語！

俺のことをかなり力強く抱きしめて、ずっとグリグリと顔を押し付けている瀬能先輩。

何を言っているのか全く理解できないが、必死に何かを伝えようとしていることだけは分かった。

……もうね、ロボットに徹するのも限界だ。

「先輩。今回はおあいこってことでどうですか？」

「……ほはひほへひーほ？」

「すみません先輩。俺にはまだもぐもぐ語が理解できないので普通に喋ってもらえますか？」

「……ん。おあいこでいいの？」

くいっと顔を上げた瀬能先輩が「本当にいいの？」と言葉を続けた。

……なるほど。「ほはひほへひーほ？」は「おあいこでいいの？」になる訳か。

勉強になるな。……対瀬能先輩以外で発揮される気がしないスキルだろうけど。

「はい。俺も瀬能先輩も痛み分けドローってことにしましょう」

「弓削くんがそう言うのならば私も異論はないわね。……ところで弓削くん、私のもぐもぐ語が何を言っているのか分からないのよね？」

「分かりませんね」

「そう――」

そして瀬能先輩はまたも俺に強く抱きついて、顔をグイグイと押し付けてきた。

一体何をする気なのかと思っていたら、突然やや大きめな声で叫び始めた……もぐもぐ語でだが。

「――ふへふん、ふひーっ！　ふっほひ……ふひーっ！　ふぁーひふひっ！　ふひふひふひっ♪」

突如「ふひふひ」言い出した瀬能先輩に不覚にも声を上げて笑ってしまった。……ほんとこの先輩は……面白くて、それでいて可愛過ぎる反則な存在だ。

「……先……輩！　ふひふひ……やめて！　笑い過ぎて……お腹《なか》が、よじ切れ……そうです……！」

「…………………ふひふひふひーっ！」

確信犯だ！

十中八九確信犯だ!!

絶対わざとやってるぞこのいたずらっ子先輩!!

瀬能先輩は散々「ふひふひ」言ってからようやく気が済んだのか、顔を上げて「えへへ……」と頬を赤らめてはにかんでいた。……言うまでも無く女神かと思うくらいの神々しさを纏った可愛さだった。

「せ、先輩！　そろそろ離れて――」

そんなタイミングでガラス張りの休憩室の方から、何か重たいものがぶつかったような衝撃音が聞こえ、どちらともなく俺達は瞬時に離れて互いに明後日《あさって》の方向に顔を向けた。

瀬能先輩はきっと口笛を吹こうとしたのだろうが動揺が出てしまい「ぷひゅ〜」と情けない音が、形の良い唇から漏れていた。……笑いを堪えるのが辛い!!

それからしばらくしてオフィススペースに、ヨタヨタとした足取りの恵比寿課長がやってきた。

朝が苦手らしく平時は始業間際に出社してくるのに、今日は随分と早い。

時計を見ればいつもより優に1時間くらい早い出社だった。

「やぁ、おはよう瀬能くん、弓削くん」

「おはようございます課長」

先程まで俺に抱きついて「ふひふひ」言っていた人とは到底思えない変わり身の早さだった。

瞬間的に冷静沈着美女《クールビューティー》モードの仮面を被《かぶ》った瀬能先輩は、凛々しくそしてカッコよく澄ました表情であいさつを口に。

対する俺はややぎこちなく「お、おは、ようございます恵比寿課長」とあいさつするので精一杯だった。

「早いねふたりとも」

恵比寿課長は目を細めてえびす顔を浮かべると、額を押さえていた。

手の隙間から見ると赤く腫れてたんこぶになっている。

サイズからして虫に刺されたようなものではなかった。

……無性に気になる。なんて思っていたら瀬能先輩が単刀直入にズバッと聞いていた。やっぱり瀬能先輩はカッコイイ。一生ついていきたい。……ちがうな。一生横に立っていたい。

「課長、額が少し腫れているようですけれど、どうかなさいました？」

「あっ……これはね……珍しく早起きして出社したから、寝ぼけてそこの休憩室でぶつけてしまったんだ。……恥ずかしいなぁ」

頭を掻《か》いた恵比寿課長が照れ隠しのためか俺と瀬能先輩に飴ちゃんを渡してきた。

それ自体はいつものことだったが、甘いもの好きの恵比寿課長には珍しくブラックコーヒーキャンディだった。

「おはざす」

「おはよーございます」

「おはようございます」

それから釣井先輩と小原先輩と甲斐先輩が一緒にやってきた。

こんな早朝に皆出社してくるなんて……今日なんかあったっけ？

俺はひとりで首を傾げながら挨拶をしたら偶然にも瀬能先輩とハモってしまった。

「「おはようございます」」

「……はぁ～。お前ら朝から……ホンットに仲良しだな」

釣井先輩のやけにタメの長いぼやきを聞きながら、俺と瀬能先輩は無意識に顔を見合わせてから同じタイミングで首を傾げた。

アイコンタクトで「釣井先輩何言ってるんですかね？」「さぁ？　私には分からないわ」といった感じの感想をキャッチボールしてから、俺達は業務を開始したのだった。

「——今日は僕から伝えておきたい事項が3点あるんだ」

始業時の課内ブリーフィングで癒し系の恵比寿課長にしては珍しい、眉を寄せ唇を一文字に結んだ厳粛な表情で課員のことを見た。

いつになく緊張感のあるブリーフィングだ。

普段だと頭をかいたり鼻をほじったりしている釣井先輩も、さすがに直立不動で話を聞いている。

……なんだか珍しい場面を見てしまった。

ちなみに瀬能先輩はいつも通り凛とした表情で姿勢良く立っている。

仕事中の瀬能先輩は本当にカッコイイ。

ただ立っているだけなのに、モデルさんがポージングをしているようにしか見えない。

「まず1点目は……今週の木金で瀬能くんと弓削くんが九州に出張。これは瀬能くんの業務を弓削くんに引き継いでもらう準備の一環だから、皆もサポートしてあげてね」

「……このふたり一緒に行かせて大丈夫なのか？　相手先に被害出すなよ？」

釣井先輩が意味不明なことを言っている気がするが……これは瀬能先輩から事前に聞いていた話

だ。

木曜日から瀬能先輩と出張。

不安も大いにあるが楽しみ過ぎる。

ただやはり、瀬能先輩の業務を引き継ぐ準備としてなのか。

……いよいよ瀬能先輩が俺の教育係から外れるって訳か。

瀬能先輩と一緒に過ごした期間はあっという間だったなぁ。

仕事を教わったのはもちろんのこと、なんか色々な瀬能先輩を見ることができた気がする。

「2点目は今の関連でもあるんだけど、瀬能くんが弓削くんの教育係から外れて——7月1日付で総務課のユニット《U》リーダー《L》に昇進となりました！　瀬能くんおめでとう！」

「おぉっ！　やっとか瀬能！　……じゃなくて瀬能課長だな！」

「芹葉ちゃんおめでとー！　この調子で次は部長さんだねー！」

「瀬能の働きぶりを鑑《かんが》みれば遅すぎる気もするけど、一先ず順当な人事ですね。おめでとう瀬能」

皆が拍手をしながら瀬能先輩に「おめでとう」と声を掛けている。

俺は事態が呑み込めず、ひとりボーっと瀬能先輩のことを眺めてしまった。

瀬能先輩が課長？

しかも総務課の課長？

……だとすると俺の上司はやっぱり瀬能先輩ってことなのか？

「……先輩は……俺の先輩ですよね？」（瀬能先輩は俺の上司ってことですよね？）

我ながら何を言ってるんだ？　と思ったが、混乱している今の俺には冷静に物事を考える余地がなくなっていた。

皆に囲まれていたはずの瀬能先輩が俺の呟きに気が付いたらしく、わざわざ輪から抜け出してこちらに向かって歩いてきた。立てば芍薬《しゃくやく》、座れば牡丹《ぼたん》、歩く姿は百合《ゆり》の花。この言葉を地でいっているのが瀬能先輩だ。

口元に微かな笑みを浮かべて目の前までやってきた瀬能先輩が一言。

「安心して？　これまでも、そしてこれからも、私は弓削くんの先輩だから。……改めてこれから先もよろしくね？　後輩くん」

そう言った瀬能先輩はごく自然な動作で俺の頭を優しく撫でてきた。

一体何を思って瀬能先輩が俺の頭を撫でてきたのかは分からなかったが、それをされただけで心の底から安堵してしまった。

瀬能先輩が教育係から外れるという不安。

遥か先を行く瀬能先輩に追い付けないのではないかという焦燥感。

これらが瀬能先輩の言葉と行動で全て消え去った。

「……はい！　こちらこそ改めましてよろしくお願いいたします！　一日でも早く先輩に追い付けるよう頑張ります！」

焦燥感なんて今更だ。

俺は瀬能先輩に追い付いて横に立つまで、ただひたすらに突き進んでいくしかないのだ。

「私は待ってあげないから……早く隣にきてね？」

散々言っているが瀬能先輩は俺の目標であり憧れだ。

そんな人からこんな言葉を掛けられたら、頑張るしかないのだ。

何が何でも隣に行く以外の選択肢は俺に残されていない。

「承知いたしました！　すぐに行きます！」

「うん。待ってあげないけど……待ってるね？」

そこで頭を撫でていた瀬能先輩がふと手を離し。

冗談混じりに微笑を湛えてから俺に向かって手を差し出してきた。

――俺はその手を即座にとった。反射的にではなく、確固たる決意をもって。

とってみて分かったが、瀬能先輩の手は冷たくて少し震えていた。

その手をそっと包み込むように握って「絶対に隣に立ちます！」という俺なりの意思表示を瀬能先輩の目を見ながら口に。

まずは瀬能先輩に釣り合う男になろう。

それが実行できたのならば……その時はこの想いを瀬能先輩にちゃんと伝えよう。

「――なぁ？　お前らなんで朝っぱらから互いに……求婚《プロポーズ》しあってんだ？　こっちのことも考えて

くれよ？　胸焼けと吐き気が止まらないんだが……」

釣井先輩が胸をさすりながら言った。

――それで俺と瀬能先輩は周りが見えていなかったことに気が付いた。

や、ヤバイ⁉

先輩達の前で何やってんだ俺⁉

結構なことを口走っていた気がする……。

どうやら瀬能先輩も同じ思いだったらしく、どちらともなく繋いでいた手を離し、わざとらしく距離をとって狼狽《うろた》えた。

顔が焼けるように熱い。きっと羞恥で真っ赤になっているはずだ。

瀬能先輩も表情こそ真顔から崩していないものの、乳白色の肌だからこそ深紅に染まっているのが一目で分かった。

それを隠すように手の甲を口元に当てて、俯きながら涙目で俺のことを見上げてきた。……うん。

恥ずかしがっている瀬能先輩とか最高かよ。脳裏に焼き付けておくか。

「ち、違いますよ⁉　俺はただ意思表示をしただけです！」

「……だからそれを求婚《プロポーズ》だって言ってんだろうが」

なんとか反撃を試みたら釣井先輩に一刀両断にされた。

俺の無様な姿を見た瀬能先輩が今度は釣井先輩に言い返す。

「弓削くんに追い付いてほしいから……私なりに発破をかけただけです」

……あ。これも切り替えされて終わるパターンだ。

平常時ならば完璧な返しをする瀬能先輩も、この時ばかりは動揺して俺と同じような返答をしてしまっていた。……涙目だけど強気で言い返してる瀬能先輩……ただただ可愛かった。

「おい！　だからそれが求婚《プロポーズ》だって……あぁ。つい、邪魔して悪かったな。続き始めていいぞ？」

「始めません！」

ふたりでハモったその返事を聞いた釣井先輩が腹を抱えて爆笑していた……こっちは真剣に言っているのに若干ムカつく。

横を見れば瀬能先輩も下唇を噛《か》みながら眼光鋭く釣井先輩を見ていたので、多分俺と同じことを感じているのだろう。

「芹葉ちゃんがプロポーズされてデレてるー！　弓削くんも満更でもない顔して照れてるー！」

……爆発していいよー？」

「早朝から随分と情熱的なこった。……だけどな、お熱いことはいいんだが火傷《やけど》するのは俺達なんだからな？」

小原先輩と甲斐先輩もニマニマと笑みを浮かべながら追撃を放ってくる。

唯一無言を貫いていた恵比寿課長に至っては口を押さえて……吐き気を堪えているように見えた。甘いものでも食べ過ぎたのだろうか？　まぁ、俺には分からないが。

「だから違いますって！」

「そうです。第一に私と弓削くんは……まだお付き合いしていない――」

「「「「「「「まだ？」」」」」」」

「……今」

「……まだって」

「……言ったよな？」

「そ、それは言葉の綾で――」

もう誰も瀬能先輩の言葉なんて聞いていなかった。

俺も驚いて「えっ？　まだ？」とひとりでぼやいてしまった。

「皆！　瀬能がまだって言ったぞ！」

「うそー!?　まだ付き合ってなかったの？」

「よっしゃぁ！　賭けは俺と小原の勝ちだな！」

「くそぉっ！　お前らさっさと付き合っちまえよ!?」

「爆発しろ！　末永く爆発しろ！　さっさと爆発しろ！」

「……あ、あの、皆？　そろそろ3点目の連絡事項を言っても――」

こうして総務課のブリーフィングは史上最高にやかましく過ぎていったのだった……。

ブリーフィングでの連絡事項の3点目は、結構なビッグニュースだった。

なんと恵比寿課長が総務部の部長に昇進というものだ。

恵比寿課長は人望もあるし、人当たりもいいのでマネジメントには向いているのかもしれない。

……ただ、優し過ぎるのも問題なんじゃ……と考えていたら、瀬能先輩が「課長は怒ったら一番怖い。この会社の誰よりも怖い」と教えてくれた。……いや、そもそもなんで瀬能先輩は俺が考えていることが分かったのだろうか？　もしかして顔に出てたのか？

そんなこんなで恵比寿課長昇進のビッグニュースで皆一度騒然となってから、

「そんなことよりも、ふたりはいつ結婚するんだ？」

「えっ!?　僕の昇進って……そんなことよりも、で片付けられちゃうの!?　皆酷いじゃないか。今夜は大好きな苺大福をヤケ食いでもしようかな……」

「芹葉ちゃんの晴れ姿……絶対キレイ……今から披露宴が楽しみ！」

「余興は任せろ！　男、釣井が人間ウェディングケーキコスプレで、U．S．J．のダサかっこいいダンスを完璧に踊ってやるからよ！」

何事も無かったかのように俺と瀬能先輩のイジリを再開したのだ……。

終いには誰も反応してくれなくてヤケクソになったのか、恵比寿課長が「ウェディングケーキは僕がひとりで全部食べ切っちゃうからね！」と、更に無謀な宣言をしていた。……そんなことしたら糖尿病になって死にますよ恵比寿課長。

その全部食べる発言を聞いた皆が、

「「「……今」」」

「「「……ひとりで」」」

「「「……全部食べ切るって」」」

「……仰いましたね？　課長？」キリッとした瀬能先輩
恵比寿課長を取り囲んで楽しそうに追い詰めていた。……ってなんで瀬能先輩が参加しているのか？　さっきまで俺と一緒にいじられてたはずなのに……。

「な、なんで急に皆して団結するんだい!?　それに瀬能くんもいつの間にそっち側に!?」

「総務課は団結力が良いって恵比寿課長なら知ってるじゃないですかーやだー」

「ええ。だから……弓削くんもこっちに来なさい」

「は、はい」

瀬能先輩に言われたら仕方ない。

俺に拒否権などない。

一歩踏み出して輪に加わろうとしたら、恵比寿課長が絶望の滲んだ瞳で俺を見つめてから一言。

「ゆ、弓削くんまで僕を裏切るのかい??」

ぐっ……！

そんな瞳でこんなことを言われたら参加しにくい。

ここは空気を読んで参加するべきか……チワワのように潤んだ瞳を向けてくる恵比寿課長につくべきか……。

「……弓削くん、きて？」俺に向かって手を差し出してきた瀬能先輩

「よろしくお願いいたします」

決断は一瞬だった。

まさに秒の反応をしてしまった。

反射的に瀬能先輩の手をとって、気が付けば先輩達に向かって頭を下げていた。

すみません恵比寿課長！

俺は瀬能先輩をとります！

そして俺が合流した瞬間またしても空気が変わった。

「……また」

「……手を」

「……繋いだな？」

「こいつら……隙あらばイチャつきやがる……！」

「やっぱりお前らは敵だ！　善良な我々に仇《あだ》なす——無差別砂糖ばら撒き犯《シュガリスト》だ！」

「芹葉ちゃん……隠してたけど……実は私もずっと胃がムカムカしてて、胃もたれと胸焼けが止まらないの……」

「それなら僕は瀬能くんと弓削くんの今朝の一件のせいで……倒れかけたんだ」

今度は俺と瀬能先輩を取り囲んでくる先輩達＋恵比寿課長。

まずシュガリストってなんだよ？　謎ワード過ぎて一ミリも意味が分からない。

それに今朝の一件ってなんだ？　今さっきのことか？

……そんでもって皆仲良過ぎだろ。

俺と瀬能先輩は顔を見合わせてから頷き合い、開き直って手を繋いだまま「弓削くん、会議があるから行きましょう？」「承知いたしました」と、輪から抜け出して逃走したのだった。

「シュガリストが逃げたぞ！」

「社内が壊滅するぞ!?　皆あいつらを取り押さえろ！」

「……もう手遅れだからよくね？　総務課以外にも地獄を見てもらおうぜ？」

「さんせー！」

「皆……そろそろ仕事に入ろうか」

◇◆◇◆◇◆◇◆◇◆◇◆◇◆◇◆◇◆◇◆

「──弓削くん、お昼に行きましょうか」

「はい」

瀬能先輩と出張のスケジュールを共有するために、今日はふたりで外に出て食べることにした。

初めは社食でもいいかと思っていたんだが……、

「何だお前ら？　外に食いに行くのか？　ラーメンだったらご祝儀ってことで奢ってやるぞ？」

「お昼デートとか……うらやま……けしから……妬《ねた》ましい！」

「夫婦水入らずか……その方が周りに被害が無いからいいかもな」

「ランチだったら会社の近くのカフェがオススメー！　コスパ良いし、美味しいし、雰囲気も落ち着いてるし、好きな人と行くなら最適だよー！」

他の先輩達がこんな感じなので諦めた。

俺は「出張のスケジュール確認ですから！」と、若干動揺しながら返事をした。

一方瀬能先輩はというと、小原先輩のところで何やら話し込んでいる。……何やってるんだ？

程なくして弾むような足取りの小走りで俺のもとまでやってきた瀬能先輩。

表情はいつもの通り凛とした引き締まった表情なのに纏う雰囲気が……何と言えばいいのか……ワクワクしているような落ち着きの無いものだった。

「お待たせ。行きましょう？」

「はい」

「ふたりとも車に気を付けて行ってくるんだよ？　ふたりの世界に入らないで、ちゃんと周りも見ないと危ないからね？」

そんな恵比寿課長の親が子を心配するような言葉を背に、俺達は会社を出た。……ふたりの世界ってそんなことしませんよ。

「ちょっと待って?」

「はい」

会社の外に出るなりすぐにその場に立ち止まって、スマホを取り出した瀬能先輩。

何やらいそいそと画面をタップしているように見える。

「何してるんですか?」

「ランチのお店の場所を調べているの」

そういえば外で食べることは決めたけど、どこで食べるかは決めてなかったな。

瀬能先輩は画面を見つめながら今度はその場でくるくると回り出した。

どうやらマップアプリのナビ機能を使ってお目当ての店舗の方角に向こうとしているらしい。

……くるくる。

……くるくるくる。

……くるくるくるくる。

……数秒で終わると考えて大人しく待っていたら、ハーフアップに纏めた長い黒髪をふわふわと揺らして、瀬能先輩が延々と右に左にと回り続けていた。

傍から見るとひとりでグルグルバットをやっているように見える。……瀬能先輩何してるんだ？

放っておいたらいつまでもコマのように回転していそうな気がしたので、細くて華奢な腕を優しく摑んでから尋ねた。

「先輩、そんなに回ってたら危ないですよ？」

「……弓削くん……目……回った……」

言わんこっちゃない。

あれだけくるくる回っていたら目が回るのは当たり前だ。

目を瞑って気持ちふらふらしている瀬能先輩の腕を摑んだまま、スマホの画面を見せてもらう。

方角なんて少し回れば大体合うはずなので、何をそんなに苦戦していたのだろうか？

……なんて不思議がっていたら、ありえない現象が起きていた。

「先輩……これ完全におかしいですよ？」

現在地を示すアイコンの周りに今自分がどの方角を向いているか示す矢印があるのだが、俺達が動いていないにもかかわらず、それがグルグルと回り続けていたのだ。

こんな現象は初めて見た……さすが瀬能先輩。ある意味引きの良さが神がかっている。

「……回ってる……なんで？」

「もしかしたらＧＰＳの測位がうまくいっていないのかもしれません。スマホを一度再起動してみてもらえますか？」

「えぇ」

タスクを終了させて再起動をかけたら無事に正常動作になったので、瀬能先輩とふたりでホッと胸を撫でおろした。

「弓削くんすごいわ！　なんで直ったの？」

「別に俺は何もしてませんよ？　たまたま調子が悪かっただけだと思います」

「そうなの？　……気を取り直して、ランチに行きましょう？」

「はい」

それからスマホ片手に歩き出した瀬能先輩について行ったのだが、画面を見ながらだからか、あっちへふらふら、こっちへふらふらと、危なっかしい足取りだった。

なのでさりげなく道路側に回って瀬能先輩が飛び出さないようにガードする。

「……ん？　あっち？　……やっぱこっち！」

ナビゲーションされているはずなのに、横道に入っては戻って、また別の道に歩みを進めてはきた場所に戻る。そんなことを何度か繰り返してようやくお目当ての店舗の近くに来た時に――それは起きた。

「……ここ……渡る――」

「――先輩！　何やってるんですか！」

マップを見ることに集中するあまり、車が行き交う赤信号の横断歩道を気付かずに渡ろうとしたのだ。

俺は瀬能先輩がふらふらと歩いていた時から何となく予測していたので、即座にその腕を掴んで思い切り抱き寄せた。

……幸いにも車がいないタイミングだったので良かったが、かなり危なかった。

あのままふらふらと歩いていたら……もしかしたら事故に遭っていたかもしれない。

「……ゆ、弓削くん？」

未《いま》だに状況が理解できていないのか、瀬能先輩は俺の腕の中で身動きひとつせずに声を漏らした。

声音から感じるのは驚き。

きっと突然抱きしめられてビックリしているのだろうが、今は瀬能先輩を離すつもりはない。

年下が言うのは生意気かもしれないが、きっちりと注意しておくべきだろう。

ここで何も言わずに流して、もし今後瀬能先輩が事故にでもあったら……俺は間違いなく一生後悔する。

だから生意気だと思われようが、大事な瀬能先輩を守れるのならばそれでいいと思えた。

「赤信号ですよ！　車に轢《ひ》かれたらどうするんですか!?」

「…………ご、ごめんなさい」

「ケガならまだしも、最悪……命を落とすことだってあるんですからね？」

「…………うん」

「……ちゃんと反省しましたか？」

「……反省した……弓削くん……ごめんなさい」

腕の中で小刻みに震えている瀬能先輩は、落ち込んだように俺の肩に顔を押し付けている。

若干言い過ぎた気もするが、これで今後気を付けてくれるのならばいい。

両手を開いて瀬能先輩を解放したら、その場から動くことなく俯いたまま見るからにしょんぼりとしていた。

効果音をつけるのならば「しょぼーん」といった具合だ。

……これからふたりきりでランチだというのにこの空気はマズい。

せっかく楽しみでしょうがない出張のスケジュールを話し合うというのに、これでは気まずくて飯も進まなくなりそうだ……。

ど、どうにかしなければ。

「先輩、何してるんですか？　早く行きますよ？」

「……うん」

「ナビは先輩にお任せしますけど――」

そこで余裕がなくなった俺はとっさに瀬能先輩の手を握ってしまった。

突然のことだったので瀬能先輩が顔を上げ、驚いたように目を丸くして俺のことを見つめてきた。

そんな目をされても俺自身凄く驚き、焦っているのだ。

だがここでそれを悟られてしまってはダサ過ぎる気がしたので、内頬を強く噛んで痛みで動揺を掻き消し、なんてことないようごく自然に瀬能先輩に告げることができた。

「――危なっかしいので、俺と手を繋いでもらいます」

もしかしたら瀬能先輩は内心で嫌がっているのかもしれないが、お仕置きの一環ということで納得してもらうしかない。

柔らかくて滑らかな瀬能先輩の細く長い指が俺の手をギュッと握り返してきた。……今朝とはまた違う緊張感が俺を包んだ。

「ええ。……ありがとう、弓削くん。私のことを考えて怒ってくれたのでしょう？」

「……まぁ、はい。そうです」

面と向かって、しかも手を繋がれたままそんなことを言われると、発狂しそうなほど恥ずかしくなってしまった。

まるで俺が常に瀬能先輩のことばかり考えていると思われていないだろうか？　……いや、ほとんど合ってるんだけどな。

「……弓削くんが私のことを考えてくれて……嬉しい。……だから、助けてくれて、怒ってくれて、フォローしてくれて、ありがとう」

「は、はい！」

逆に俺が嬉し過ぎな件について……なんて言っている場合ではない。

瀬能先輩が穏やかな笑みを浮かべて、突如俺にぴったりと寄り添って——腕を組んできたのだ。

瀬能先輩の方から接近してきた言わば不意打ちだったので、手繋ぎなんかよりも圧倒的に緊張してしまった。

「……お店、もうすぐそこなの。だけどお店に入るまでは——このままでいてくれる？　私のこと——エスコートしてくれる？」

「もちろん。喜んでエスコートいたします」

言うまでも無く俺は手と足が一緒に出るくらいガチガチになりながら、瀬能先輩をエスコートしたのだった。


「……ここね」

「中々良いお店ですね」

スマホ片手にマップを見ていた瀬能先輩が立ち止まって、画面と店舗を見比べていた。

辿り着いた店舗は2階にオープンテラス席がある雰囲気の良いカフェだった。

向かいは公園なので景色を楽しみながらまったりとランチができそうだ。

横を見れば瀬能先輩も期待しているのか、口をω←こんな形にして目を細めていた。……なんか子犬みたいで思わず頬をつついてみたくなった。

瀬能先輩はカフェを眺めることに集中しているので、少しくらいつついてもバレないだろう。

「…………」お店を眺めてニコニコしている瀬能先輩
「……入りましょうか」さりげなく瀬能先輩の頬っぺたをつつく俺
「……んっ!?」

「先輩どうかしました？」

「……いま、つんつん、した？」

自身の頬を押さえた瀬能先輩が驚きと困惑を顔に滲ませて首を傾げている。

再現なのか分からないが、ひとりで「つんつん……ってした！」と言いながら、自分の頬をつついていた。……何これ俺を悶え殺すつもりなのか？

……ってそれどころじゃない。

速攻でバレた。

一瞬で気が付かれた。

と、とりあえず誤魔化してみるとする。

「してませんよ？　先輩、早く入りましょう」

エスコートのためにこのカフェに来るまで組んでいた腕を解《ほど》こうとしたら……それを察知した瀬能先輩が手まで繋いできた。

しかも絡めて逃がさないようにということなのか分からないが――俗に言う恋人繋ぎというものでだ。

「……嘘！　弓削くん、つんつん、したっ！」

「あ、あの……早く食べないとお昼終わっちゃ――」

「――絶対、つんつん、したっ！」

「……先輩……もしかして怒ってます？」

「……怒ってます！　……私にもつんつんさせてくれないと、この怒りは決しておさまらないと断言できるくらい怒ってます。この怒りを例えるのならば、煮えたぎるマグマなんて生易しいくらい、怒ってます！　とにかく私は怒ってるんです!!」

口では「怒ってます！」と言っているが、表情はどうみても笑いを堪えているようにしか見えない……。

これ間違いなく何か別のことを考えている気がする。

一先ず怒られてしまったので素直に認めて謝っておこう。

「……すみませんでした！　つい先輩の――」

「――弓削くん……認めたわね？」

瀬能先輩が背伸びをしていたずらっ子のような悪い顔を近づけてきた。

……正直、嫌な予感しかしない。

「は、い……認めました」

「……それならば……目を瞑りなさい。目一杯、ギュッて、何も見えないくらい、瞑りなさい？」

こ、怖い！

瀬能先輩の指示が意味不明過ぎて怖い！

自称怒っている相手の前で目を瞑ることの恐怖。

……これは想像以上に勇気がいる行動だった。

「……………」

「弓削くん？　早く目を瞑って？」

「……は、はい」

逃れることは無理そうだったので、覚悟を決めて思い切り目を瞑った。

目を瞑ると当然視界は閉ざされる。

そうなると視覚以外の感覚が研ぎ澄まされてくるのだ。

手や腕の密着感を強く感じるのは触覚。

密着しているからこそ分かる花のような甘い香り。これは嗅覚。

──そして瀬能先輩に耳元で囁《ささや》かれて、俺の聴覚は逝《い》きかけた。

「──今から私が出題するクイズに正解できたら、つんつんはしないわ。それでどうかしら？」

鋭くなった聴覚が必要以上に音を拾う。

声だけじゃない息遣いに背筋がゾクリと震えた。

「わ、分かりました。いつでも……どうぞ」

「……ん。問題。焼き肉の時、お肉に巻いて食べる葉の名前は？」

……え？

もしかして何かの引っ掛けか？

そう考えてしまう程のサービス問題である。

答えは恐らく――サンチュ。

だがこんな簡単な問題を瀬能先輩が出すのか？

頭の回転が速くて切れ者な瀬能先輩が……だぞ？

……だがいくら考えても他の答えが思い付かったので、諦めて普通に答えることにした。

「答えていいですか？」

「う、ぅん」

なんでか知らないけど瀬能先輩が少し緊張している気がする。

よ、よし！　答えるぞ！

「答えは――サンチュ――ッ!?」

「…………んっ。…………正解」

そして俺が「サンチュ」と答えた瞬間――頬に何か柔らかいものが押し当てられたのだった……。

……え？


何かを押し当てられたのはほんの一瞬だった。

その瞬きよりも短い刹那、感じたことは柔らかかったこと。ただそれだけだった。

無意識に自分の頬を手で押さえながら目を開けてみると、瀬能先輩も手の甲を口に付けて俯きがちに俺のことを見ていた。

必然的に至近距離で目が合った。

瞳に浮かぶ感情は全くと言っていいほど読み取れない。……だけど顔は深紅に染まっている。

平時みたく自然体にクールであるのとは別の、強制的に表面だけを取り繕っているかのような違和感を覚えた。これは俺が勝手に感じていることなので実際どうなのかは分からないが。

……だが俺の予想が正しければ瀬能先輩は今――とんでもないことをした気がする。

俺が触れられた箇所を無意識に手で触れたように、瀬能先輩も同じ行動をしているのだとすれば……。


「せ、先輩……今、何、しました？」

すると瀬能先輩は絡めていた指を解き、組んでいた腕を抜いてから一歩、二歩と無言で後退。

なので俺が「先輩、俺に何しました？」と一歩前に出て近づくと、瀬能先輩もまた一歩下がって微妙に距離をとる。また一歩踏み出してみれば、同じ一歩だけ後ろに下がる。

まるで見えない壁でもあるかのように瀬能先輩が一定の距離を保っているのだ。

これでは埒《らち》が明かないので、その場に踏みとどまってからもう一度声を掛ける。

「あの……先輩？　そろそろ答えてほしいのですが」

「……何を？」

距離を詰めない作戦が功を奏したのか、未だに口元に手の甲を当てたままの瀬能先輩が必要最低限といった感じで答えてくれた。

「俺の頬っぺたに……何かしましたよね？」

「……した」

瀬能先輩は素直に答えるとこくりと頷く。

目には涙の薄い膜が張り、よく見れば小刻みに身体が震えていた。

どう見ても瀬能先輩の様子がおかしい。

「何をしました？」

「……………」

「先輩？」

「…………チュ」

手の甲で口を覆っている上に、小声だったので「チュ」という言葉しか聞き取れなかった。

……。

………。

………………ええッ!?

俺の聞き間違えじゃなければ今「チュ」って言ったよな？

ま、まさか瀬能先輩は本当に俺に――キスしたのか!?

さすがに冗談だよな？

「す、すみません、よく聞こえなかったので、もう一度お願いします」

「……サンチュ」

「……え？」

思わず素の声がポロッと出てしまった。

何をしたのかと聞いて返ってきた言葉が「サンチュ」である。

訳が分からない。

意味も分からない。

何もかもが分からない。

第一に「サンチュ」というフレーズはいつから行動を表す言葉へと変化したのか？

もしかしたら俺が知らないだけで昨今巷《ちまた》では「今日サンチュる？」みたいな使い方がされている

………訳ないよな？

「弓削くんが……サンチュって正解した」

「は、はい」

「……だから……つ、つんつんしたの」

あぁ。そういうことか。

俺が瀬能先輩の頬っぺたをつついたことに対抗して、同じことをやり返してきたってことか。

……それなら納得だ。

瀬能先輩が……ガキの俺にキスなんてする訳がない。

考えるまでも無く分かり切っていたことだろ。

自分の都合の良いように解釈して、何がしたいんだ俺は。

「そういうことですか」

「え、えぇ……分かって……くれた？」

「はい。でも指で突くのになんで俺に目を瞑らせたんですか？」

聞いておいてあれだが、大方予想はできている。

俺が目を開けていたら回避されるとでも考えたのだろう。

さすが瀬能先輩だ。

常に俺の上を行く……、

「……分かってない！　全っっっ然、分かってない！」

なんて思っていたら瀬能先輩が急に大声で反論してきた。……なんで!?

「す、すみません。状況が理解できていないので、もう一度整理させてもらっていいですか？」

「……ええ」

——今更だが俺達はカフェの店先でこの一連のやりとりを行っていたので、道行く人やランチをしていた人から「カップルが痴話喧嘩してる～」だの「さっきまであんなにイチャついてたのに……」といったひそひそ声が聞こえてきた。……カップルでもないし、イチャついてもいないんだが？

……一先ずランチをしながらにしよう。

このままでは店の営業妨害になりかねない。

何故かご機嫌ななめになってしまった瀬能先輩を何とか宥《なだ》めて店内に入り、２階のオープンテラス席に着いた。

終始無言のまま注文をしたところで、意外にも瀬能先輩が口火を切った。

「ゆ、弓削くん、それでは出張スケジュールの共有をしておきましょうか」

あれ？

話がすり替わってないか？

「いや、その前に先程の話を整理させてもらえませんか？」

「その話はお料理が来た時に——もう一度してあげるから……スケジュールの共有を優先させても

らえるかしら？」

瀬能先輩にそう言われてしまったら俺は「分かりました」と、頷くことしかできない。

「木曜日は8時30分発の便を押さえてあるから、余裕を見て羽田《はねだ》には7時30分には着いておきたいわね」

「承知しました。7時30分羽田集合ってことですね？」

「……いや」

「……え？」

本日2度目となる素の声がつい出てしまった。……一体「いや」ってどういうことだ？

「……羽田に直接集合は嫌なの。ワガママだって分かっているのだけれど、これだけは譲れないわ」

理由は不明だが瀬能先輩は羽田現地集合がとにかく嫌らしい。

それならどこで集合するか……、

「羽田までのルートだったら先輩の最寄り駅が途中にありますので、そこで合流でも問題ありませんか？」

瀬能先輩の最寄り駅は会社の最寄り駅でもあるので、毎日通勤で使っている俺からしても分かりやすいのでありがたい。

「私としては非常に助かるのだけれど……理由を聞かないの？」

「先輩が助かるのならばそれでいいです。俺としても別に遠回りになる訳でもないので気にしないでください」

「……弓削くん、ありがとう――好き」

瀬能先輩がテーブルに両肘をついて頬杖をしながら何気なく呟いた。

それもはにかみながら……だ。

……うん!?

お、おかしいな。

今なんかナチュラルに「好き」って言われた気がする……。

俺の聞き間違えか？

「す、好き!?」

「うん……好き――んっ!!　そこの公園の景色が!!」

……焦った。

心臓が止まったかと思った。

どうやら瀬能先輩はオープンテラス席から見える公園の景色が「好き」だと言ったようだ。

俺に訴えかけるように向かいの公園の方を指差して「緑がいっぱい、夢いっぱい！」と興奮気味に伝えてきた。……興奮し過ぎて何が言いたいのかよく分からなかったが、その様子から公園が好きだということはよく分かった。

そんなタイミングで丁度良く頼んでいた料理が運ばれてきた。

俺はカルボナーラとグリルチキンサラダのセットで、瀬能先輩は日替わりランチのオニオングラタンのサラダセットだ。

せっかく食べに来ているので冷ましてはもったいないとふたりでそろって、

「「いただきます」」

と口にしてから食べ始めた。

和む外の景色と、対面には熱いグラタンを少しずつ食べる瀬能先輩の姿がある。

究極の癒しだった。

一生懸命ふーふーと息を吹いて冷めたと思って口に入れたら、やっぱり熱くてはふはふしてる瀬能先輩とか一生見ていられる。涙目になりながら「あっつい《はっふ》」と言っているところなんて、全人類滅亡級の可愛さだ。

つい瀬能先輩のことをボケーっと眺めていたせいで目が合ってしまい、

「グラタン……食べる？」

「あ、いえ、はい」

訳も分からずそう答えてしまった。

瀬能先輩は自身のスプーンを使ってグラタンを掬《すく》い、俺の顔の方に差し出して一言。

「……弓削くん、はい——あ～ん」

「せ、先輩！　自分で食べられますから‼」

「あ〜〜〜ん」

「や、やめてください！」

「グラタンが冷めちゃうでしょう？　あ〜ん！」

断固として引かない瀬能先輩。

こうなると俺が何と言おうと瀬能先輩が折れることはない。

深呼吸をして、意識を強く持ち、覚悟を決めて俺は「あ〜ん」を受け入れた。……死ぬほど恥ずかしいのは言うまでも無いだろう。

「へ？」

「——アツッ⁉　先輩《へんはい》これ《ほへ》………滅茶苦茶熱かったんですけど⁉」

「弓削くんが全然分かってくれなかったから、その仕返し」

……口に入れた瞬間に分かる、熱いやつやん！

全く冷えてなかった。

よくよく考えてみれば瀬能先輩は息を吹きかけて冷まして尚、はふはふしていたのだ。

今回は息で冷ましていなかったので、こうなることは当たり前だったのかもしれない。

瀬能先輩はそんな俺を尻目に再度スプーンでグラタンを掬い、入念にふーふーしてから食べていた。

そして飲み込んでから一言。

「こういうことをしたの」

俺には理解できないことを口にしてから、微笑《ほほえ》みかけてきたのだった。……あれ？　俺なんか聞き忘れてたっけ？


それからふたりでのんびりと優雅なランチタイムと洒落込《しゃれこ》んだ。

変わったことと言えば、頻《しき》りに瀬能先輩がカルボナーラを食べたがったことぐらいだろう。

曰《いわ》く「グラタンの代価として、弓削くんのカルボナーラが一口食べたいのだけれど？」だったり「これは当然の要求なのですから、弓削くんは私に、あ～ん、をするべきだと断固抗議します」だの、終いには「……ひとくち、だめ？」と、可愛らしくちょこんと首を傾げてきたので、俺は言われるがまま瀬能先輩に一口差し出した。

恥ずかしかったので「あ～ん」は口にはしなかったが。

「いただきます」

フォークで巻き取ったパスタに恐る恐るといった様子で近付く瀬能先輩。

チラチラと俺の方を見てくるので、何かを期待しているようだ……。

……これは一体何を期待されているのか？

瀬能先輩の思考を読むべく必死になって頭を捻る。

そして俺が出した結論はこれだった。

「――やっぱりあげません」

今まさに口を開けて瀬能先輩がパスタを食べようとした瞬間に、俺の口へとフォークを運んだ。

……うん。カルボナーラはやっぱりクリーミーで美味《うま》い。

さて、この選択肢で合っていたのか答え合わせをしよう。


「…………ううううっ!!」


対面に座る瀬能先輩の表情をチラリと見て確信した。

……これは失敗したな、と。

口を真一文字にきつく結び、眉間にシワを寄せ、俺を威嚇するような目つきで睨《にら》んでくる瀬能先輩。

むっとした表情で唸っているので、本人的には憤怒を伝えたいのだろうが……残念ながらハムスターが一生懸命威嚇している程度の怖さしかなかった。

早い話、見ているこっちが逆に癒されるくらい、ただただ可愛いだけだった。

「ゆーげーくーんーっ？」

瀬能先輩の可愛さに呆《ほう》けていたらご立腹のようで、フォークを持っていた俺の手を掴んで地味につねってきた。……全く痛くないどころか丁度いい力加減でマッサージをされている感じだ。

「はい」

「……はい……だなんてのんびり返事をしている場合ですか？　決してそんな対応は許されないと理解していますか？　私、結構怒っていますからね？　せっかく弓削くんのカルボナーラを一口頂いて、間接キスをするはずだったのに、なんてことをしてくれたんですか？　……私は弓削くんをこんな後輩に育てた覚えはないのですが？　もしかして反抗期ですか？　先輩に反抗期ですか後輩くん？」

凛としたクールな顔を間近に寄せ、瀬能先輩が俺に対して敬語で捲《まく》し立ててくる。

今までにない反応だった。

これは本気で怒らせてしまったのかもしれない。

マズいぞ……。

しかもキレているからなのか、間接キスがどうのこうのと意味不明なことを言っている。

「すみませんでした」

「本当に、誠心誠意、心の底から、天地神明に誓って、謝罪していると胸を張って言えますか？」

「はい！　すみませんでした！」

正直なところカルボナーラを一口お預けしただけで、瀬能先輩がここまで怒るとは予想していなかったので、すみませんという気持ちよりも、戸惑いの方が大きかったりする。

「……もう一度、あ～んをしてくれたら……許してあげるかもしれないですね」

明後日の方向に顔をプイッと向けた瀬能先輩が、口を尖らせながら言った。

今度はお怒りモードからイジけモードにチェンジしたようだ。……可愛さは2割増しといったところだろう。

「分かりました……先輩、こっち向いて下さい」

「弓削くんが先にイジワルをしたのだから、私もあ～んしてくれるまで向いてあげません」

俺の手を未だに、にぎにぎとマッサージ……ではなくつねりながら、ツンとした様子でそっぽを向いている瀬能先輩。

これ本人は目一杯不満を訴えかけてきているんだろうけど、全くもって愛らしい行動だと気が付いていないないんだろうか？

俺は心を乱さないように「あ～ん」を決行した。

「…………」チラチラと警戒するように俺のことを見る瀬能先輩
「あ～ん」頼むから早くこの羞恥プレイが終わってくれと祈る俺
「……いただきます……あ～ん！」口をまんまるに開けてカルボナーラを頬張る瀬能先輩
「…………」

その様子があまりにも破壊力抜群で結局感情の荒波が俺の心を揺さぶり、思考を停止してしまった。

リスのように頬っぺたを膨らませてもぐもぐする瀬能先輩。

その表情はやけに嬉しそうで、余程カルボナーラが食べたかったのだと気が付いた。

……もしかして瀬能先輩はカルボナーラが大好物なのか？

「……ん。弓削くん……すっごく美味しかったわ……ありがとっ！」

パスタを飲み込んだ瀬能先輩は口角を僅かに上げて微笑み、舌をちろりと出して唇を舐めた。

その仕草にノックアウトされた俺は思わず呟いてしまった。

「先輩、さっき間接キスがどうのって言ってましたけ――」

「――い、言ってない！　そんなこと言ってないっ!!」

「いや、確かに言ってましたよ？　間接キスが――」

「あーあー聞こえなーいっ！　なにも聞こえないもーんっ!!」耳を塞いで縮こまる瀬能先輩
「……ところで先輩はカルボナーラが好きなんですか？」

「……ええ。カルボナーラというより、パスタ全般が好きね」急にキリッとなる瀬能先輩
「そうなんですか。それで間接キ――」

「ぜーんーぜーん聞こえなーいっ！」やっぱり耳を塞いで縮こまる瀬能先輩
……聞こえないって、聞こうとしていないだけじゃないですか。

耳を塞いでイヤイヤと顔を横に振る駄々っ子のような瀬能先輩を眺めながら、俺はカルボナーラを完食したのだった……。

ランチを終えて昼休み終了間際に会社に戻ると釣井先輩をはじめ、他の先輩達から散々いじられた。……予想通りだったけどな。

「「ただいま戻りました」」

「よぉ、昼間デートのおふたりさん。結局飯はどこに行ったんだ？」

「昼間っからデートとか……マジで……爆発してくれないか？」

「芹葉ちゃんお帰りー！　カフェよかったでしょー？」

「弓削も瀬能も楽しんできたならそれでいいだろ？　それで付き合うことにはなったのか？」

「ふたりで出張スケジュールの共有はできたかい？　弓削くんは分からないことがあったらしっかりと瀬能くんから聞くんだよ？」

「承知しました恵比寿課長」

下手に反応すると面倒なことになりそうだったので、黙っていようと考えて瀬能先輩と顔を見合わせてアイコンタクトをする。

……どうやら瀬能先輩も俺と同じことを考えてい――、

「公園の前のカフェに行ってきました。お料理もとても美味しかったですし、静かで景色も雰囲気も良かったので、ふたりきりのデートを満喫することができました。小原先輩ありがとうございました」

――なかったッ!?

表情は至って平常運転の冷静沈着《クール》モードだ。

一見本気で言っているようにも受け取れるが、恐らく瀬能先輩は皆に合わせているだけだろう。以前瀬能先輩と飲みに行く際「デート」と冗談で言ったことがあり、その時の俺は過剰反応をして赤っ恥を掻いたことがあるので、今回は何も言わず静観することに決めた。

まぁ、瀬能先輩のまさかの行動で既に若干動揺してしまったが……。

「やっぱりデートか……そういや弓削はまた言わないのか？」

「たしか……俺と瀬能先輩は付き合ってないですからね!?　……ってやつか？」

「よかったよかった！　芹葉ちゃんのお役に立てて一安心♪　……そういえば弓削くん大人しいねー。これもしかして……何かあったパターン!?　教えて教えてー!?」

「やめとけ小原。それで被害に遭うのは俺達なんだぞ？　どうせこのシュガリストのことだ……周囲なんて気にせずに甘ったるい雰囲気をばら撒いていたであろうことは容易《たやす》く想像できるだろ？」

「……甲斐くんの言う通りだと僕も思うよ。――さぁ、お昼休みも終わりだ！　皆午後も頑張ろうか！」

見てもいないだろうに好き勝手言いやがって……！

俺がどれだけ神経をすり減らしたと思ってるんだ!?

瀬能先輩とふたりきりだったので余計なことはなるべく考えずに乗り切ったのだ。

間接キスだって本当は心臓が口から飛びでるほどに緊張したが、努めて冷静に対処した。

俺自身の自己評価はほぼ１００点だ。よく頑張った俺！　と褒めたいほどである。

……と、反射的に色々と口を挟みたくなったが何とかやりすごし、俺と瀬能先輩はふたりで午後からの会議に向かった。

その道中「弓削くんのカルボナーラ……美味しかった」と、わざとらしく呟いた瀬能先輩の唇をつい見てしまったので、せっかくの自己評価はマイナス１００点となったのだった。……こんなの反則だろ。

◇◆◇◆◇◆◇◆◇◆◇◆◇◆◇◆

ふたりでランチをしてから何事も無く日々の業務をこなし、ついに出張当日の木曜日がやってきた。

今日はいつもより1時間も早い5時起きだったが、様々な緊張のためか不思議と眠気は無かった。

顔を洗って、歯を磨き、鏡の前でしっかりと髪をセットしてから家を出た。

玄関の扉を開けると6月の終わりだというのにほんのりと肌寒さを感じた。なぜならば現在時刻は5時40分だからだ。

俺は早朝の澄んだ空気を目一杯肺に吸い込んでから、気合を入れた。

「よしッ！」

瀬能先輩と2日間一緒にいられることは純粋に嬉しいが、それ以上に変なことをやらかさないよう己を律さなくてはならないことが不安で仕方ない。

ただ今更あれこれ考えてもどうしようもならないので、俺はキャリーケースを転がし瀬能先輩との待ち合わせに向かった。

「おはようございます先輩」

待ち合わせ場所に着くと既に瀬能先輩の姿があった。

声を掛けたらこちらに気が付いたようで、俺のより一回り以上大きいキャリーケースを片手にこっちへやってきた。

「ええ。おはよう弓削くん。今日は髪も普段よりビシッとしていて……その……カッコイイと、思う」

いつもより遥かに早い時刻だというのに、瀬能先輩は眠気を微塵も感じさせない口調で言った。

ダークネイビーのテーラードジャケットに、今日はセンタープレスの少しゆったりめなパンツルックだった。それだけでカッコ良さは3割増しだ。

纏う雰囲気は今日も今日とて凛とした引き締まるようなものなので、これでカッコ良さは通常時の5割しである。

そんな瀬能先輩を見て自然と背筋が伸びる。

街で見かけたら二度見どころか三度見はしてしまうであろう、圧倒的なまでの美しさ。

パンツルックだからこそ足の長さが際立って、起伏のあるモデル体型をより強調している。

……もう見慣れたと思っていたが、早朝ということもあってか瀬能先輩の美貌に思わず息を呑んでしまった。

そして瀬能先輩から「カッコイイ」という社交辞令をいただき、気持ち舞い上がる単純な俺。

「……す、すみません。お待たせしてしまって……先輩もパンツルックで、いつも以上にカッコイイです！」

「……んっ。まだ集合の20分前なのだから、気にすることはないでしょう？　それと、ありがとう……嬉しいわ」

そう言って瀬能先輩が柔らかく微笑んだ。

それだけで急に視界が明るくなったように感じる。

たったそれだけで危うく取り乱しかけた。

……や、ヤバイ。

ふたりきりって思っただけで破壊力が普段とは段違いだ。

俺、このままで大丈夫なのだろうか？

「でもお待たせしたのは事実ですから」

「それならば楽しみで仕方なくて、早く来たのは私の勝手でしょう？」

「は、はい」

「うん……分かればよろしい。さぁ、行きましょうか？」

それからふたりで電車に乗り、かなり余裕を持って羽田空港に着いた。

到着してすぐにキャリーケースを手荷物カウンターに預け、ビジネスバッグだけの身軽な状態になった。搭乗開始まで優に1時間以上あったので、ふたりで空港内を散歩して時間を潰す。

外に見える飛行機の窓の数を当てるクイズを出しあったり、フライトインフォメーションボードを眺めながら表示される地名を見て「那覇《なは》行きたいです！　海に行って砂浜でのんびりしたいです！」だの「新千歳《しんちとせ》行きたい！　旭山《あさひやま》動物園で白くまの行動展示見たい！　あと鮭《しゃけ》も！」だのと、各々好き勝手に言いあった。

まだ時間が早かったので人もまばらで店もほとんど閉まっている。

時折アナウンスが聞こえる程度で、ひっそりと静まり返った通路に瀬能先輩の靴音だけが響く。

「先輩、もしよかったら屋上に行ってみませんか？　この時間でも開放しているみたいなので」

「そうね。行ってみましょう？」

エレベーターを呼ぶとすぐにやってきた。

当然誰も乗っておらずふたりで乗り込み、屋上の展望デッキまで一気に上昇する。……密室空間だったので妙に緊張してしまったのは言うまでも無いだろう。

エレベーターを降りて展望デッキへの扉が見えると瀬能先輩が早歩きになって、外へと飛び出していった。

どうやら楽しんでもらえているようだ。

「――すごい！　弓削くん、景色抜群で、朝日が綺麗《きれい》よ！　はやく！　はやくきてっ！」

興奮した様子でこちらに振り返った瀬能先輩が、無邪気に手招きをしながら俺を呼ぶ。

展望デッキに吹くやや強めの風が瀬能先輩の長い黒髪を巻き上げ、丁度朝日が後光のように差していたので、もはや神々しいまでの美しさと可愛さを放っていた。

俺……昇天するかもしれない。

そんなことを割と真面目に考えながら俺は瀬能先輩のもとに駆け寄った。


平日の早朝だったからか展望デッキには俺達以外誰も人がおらず、ふたりで朝日を浴びながらぼんやりと景色を眺めたり、飛び立つ飛行機を見送ったりと、まったりと過ごしていた。

瀬能先輩は飛行機よりも景色の方が好みなようで、スマホを構えてパシャパシャと色んな構図で写真を撮っていた。

「先輩も入れて俺が写真を撮りましょうか？」

あまりにも熱心に撮っているので、何となく口にしてしまった。

……べ、別に瀬能先輩の写真が欲しかったとか、断じてそういった浅はかな考えではないからな!?

すると瀬能先輩が俺の方に小走りで駆け寄ってきて、興奮気味に一言。

「ひとりじゃ寂しいから弓削くんもご一緒にいかが？　先に言っておくと、お断りは――お断り！」

「は、はい」

お、おぅ……。

瀬能先輩が何だかハイテンションだ。

インカメラに切り替えてから相好を崩した瀬能先輩は「あの角が一番景色良いの」と、俺の手を握ってお目当ての場所に連れて行く。

そこは展望デッキの最奥で、朝日に照らされたスカイツリーが綺麗に見える場所だった。顔を動かせば別の方角にはゲートブリッジや東京湾も望めるので、夜に来たら夜景も綺麗に見られそうな感じだ。

「弓削くん、そこに立って？」

「ここですか？」

「えぇ……動かないでね？」

指示された場所に立っていると瀬能先輩が横にやってきて、腕と腕がぴったりと密着する零距離で隣に立った。

いきなりの接近。

想定外の距離感。

飛び跳ねる心臓。

自分の太ももを思い切りつねりながらなんとか平静を取り繕う。

「——撮るわね？」

「い、イエッサー！」

……なんだよ「イエッサー」って。

動揺しないよう痛みで乗り切ろうとしたのに、これじゃあ緊張しているのがバレバレだ。

瀬能先輩が密着していない方の腕を目一杯前に伸ばしてスマホを構える。

画面に映っているのは朝日を浴びて煌めくスカイツリーと滑走路、それに瀬能先輩とガチガチになっている俺の姿だった。

「どうしたの弓削くん？　顔が少し硬いみたいだけれど？」

「まだ時間が早いので表情筋がストレッチできていないんです」

自分で言いながら、どんな言い訳だよ、とツッコミみたくなった。

苦し紛れでもさすがに平時ならばもっとまともな返しができたと思うが、今は瀬能先輩が隣にぴったりと立っているので頭が回らなかったのだ。

画面越しの瀬能先輩はクスクスと淑《しと》やかに笑ってから……、

「——私も緊張しているのよ？　弓削くんも私と一緒みたいでなんだか少し安心したわ。私——」

こてんと俺の肩に頭を預けてきたのだ。

ベストポジションを探すように何度か頭をぐりぐりと動かしてから、画面に映る瀬能先輩は穏やかな笑みを浮かべていた。

わ、訳が分からない!!

瀬能先輩も緊張している!?

何に対してだ!?

ま、まさか瀬能先輩も俺のことを意識してくれて――、

「――飛行機がダメなの」

――る訳じゃなかった!!

ひとりで勝手に盛り上がって自爆する……惨めすぎるぞ俺。

「そういうことですか……飛行機が苦手ってことですか?」

「苦手……ではないわね」

やけにキリリとした表情で俺の肩に頭を乗せている瀬能先輩。

なんだか妙に面白い。

極限の状態だからこそ気を抜けば噴き出してしまいそうだ。

「どういうことですか?」

「正確には苦手ではなくて……その……怖いのよ。飛行機に乗ることが……」

瀬能先輩は一転して怯えたような表情で矢継ぎ早に言葉を続けた。

「どうしてあんなにも巨大な鉄の塊が大勢の人や荷物を載せて飛べるのかは、頭ではきっちりと理解しているのよ？　ジェットエンジンから生み出される推進力、それと前縁《ぜんえん》が丸く上部が少し盛り上がっていて後縁《こうえん》が尖った翼型《よくがた》をしているのは、揚力を最大限に生かすためだということも、それを証明するベルヌーイの定理が十二分に検証されていることも分かってはいるの。……でもやっぱり怖いのよ。頭では十二分に理解していても身体が強張《こわば》ってダメなの。だからひとりだとここまで来るのが怖かったから、ワガママを言って駅集合にしたの。……先輩なのにワガママを言って、ごめんなさい」

あ～そういうことだったのか。

それで飛行機が怖いから機体の写真も撮らなかったという訳か。

多分無意識だと思うのだが、飛行機の怖さについて熱心に語る瀬能先輩が俺の手をギュッと握ってきた。おまけに顔も俺の方に向けて……だ。

スマホの画面には俺の耳元に向かって真剣な表情で訴えかける瀬能先輩が映し出されている。

「謝る必要はありませんよ？　俺も現地集合は心細かったですし、気にしないでください。それと以前テレビ番組で見たのですが、統計学上でも飛行機は新幹線に次いで2番目に安全な乗り物らしいですよ。だからという訳ではないですが、そんなに怖がらなくても大丈夫だと思いますよ？」

「弓削くん……ありがとう。……それは私も飛行機についてたくさん調べたから知っているわ。

「……でも、だからといって私達が乗る飛行機が絶対安心なんて保証はないでしょう?」

……というかこんなにも飛行機が怖いのならば、今までの出張はどうしていたのだろうか?

ふと疑問に感じたので尋ねてみた。

「確かにそうかもしれませんが……でも先輩は今までも飛行機に乗っているんですよね?」

「……えぇ。いつも怖くて背もたれに背を預けることもできなくて、シートベルトもずーっと付けたままで、窓の外も一切見ることができないけれど……何とか搭乗しているわ」

ひとりで密かに恐怖と闘っている瀬能先輩。

可愛いとかカッコイイとかではなく、明確に守ってあげたい、支えてあげたい、とまたしても俺の心が暴走気味になった。

「——先輩。俺に何かできることはありますか?」

普段お世話になりっぱなしの瀬能先輩に恩を返す数少ないチャンスだ。

俺にできることならばなんだってやろう。

「……うん。いっぱいある。——頼っても、いい?」

「はい」

思わず横を向いたら瀬能先輩が安心したように胸を撫でおろしていた。

それから瀬能先輩は相変わらず手を繋いだまま……どころか指を絡めた恋人繋ぎにごく自然にシフトしてから、やはり頭を俺の肩にちょこんと預けたまま写真を撮り始めた。

俺は瀬能先輩がこの後に待っている恐怖の飛行機タイムに向けて現実逃避のためにやっているんだと己に言い聞かせて、あえてされるがままでいた。

何枚撮ったのか分からないくらい時間をかけた後、瀬能先輩が心底嬉しそうに「ＳＤとクラウドにバックアップしておかなきゃ」と、スマホの画面を見返しながら呟いた。……言うまでも無く瀬能先輩は俺に密着したままだったが。

「――弓削くん。そろそろ保安検査場に行きましょうか」

スマホから顔を上げた瀬能先輩に促されて時刻を確認すると、いつの間にか出発時刻の30分前になっていた。

意外と余裕がなかった。時間的にも俺の理性的にも……。

「はい。何かあったら遠慮しないで俺に言ってくださいね？」

「ええ。……これから飛行機も、出張も、よろしくね？　弓削くんのこと頼りにしているから」

「任せてください！」

こうして飛行機恐怖症の瀬能先輩をサポートする特別任務が俺に与えられたのだった。

機内に乗り込む瀬能先輩の足取りは重く、顔色はいつも以上に白くなっていた。ここまでくると怖いというレベルではなく、もはや体調不良になっているような気さえする……。

チケットの関係上、俺が通路側で瀬能先輩が窓側といった配置だった。確か外が見られないようなことを言っていたが、大丈夫だろうか？

既にグロッキーな瀬能先輩のビジネスバッグを受け取って、荷物棚《オーバーヘッド・ビン》に俺のものとあわせてしまう。

「弓削くん、ありがとう」

椅子に座った瀬能先輩は背もたれに寄り掛かることなく、すぐにシートベルトを装着して背筋をピーンと伸ばし、いつでも立ち上がれるような体勢で俺のことを見上げていた。

見ているこっちが疲れてしまうような姿勢だ。例えるならば面接の時に座るお行儀の良い姿勢というやつだ。……もしやこの体勢のまま瀬能先輩は微動だにしないつもりなのか？

……まさかな。

「降りる時も俺が取るので気にしないでください」

「……ぇぇ」

そう言うと瀬能先輩はスマホを取り出して機内モードに切替、何かを熱心に眺め始めた。

横から覗くのも失礼かと考えて俺も席に着く。

試しに瀬能先輩と同じ面接姿勢をしてみたら1分程で疲れてしまったので、早々に諦めて背もたれに身を預けた。

俺に与えられた特別任務はフライト中の2時間弱、瀬能先輩の気を紛らわすことだと勝手に解釈している。

ならばこの状態で俺はどうするべきなのか考えてみる。

なので却下だ。

①緊張しないようにひたすら会話をしてはどうか？

……それはさすがに迷惑だろう。そもそもそんなに長く会話が続くのかも怪しい。

②ならば逆に俺が黙っているのはどうだろうか？

……これは考えるまでもなくなしだな。任務放棄に当たるだろう。

……結局喋るか黙るかの両極端な２択しか思いつかなかったので、ひとまず瀬能先輩の様子を探ることにした。

横を見ると瀬能先輩が変わらぬ姿勢のまま、スマホの画面に集中しながら微動だにしていない。

俺もそんな様を見守りながら眺めていたら、不意に顔を上げた瀬能先輩がスーツの肘の部分をクイクイと引っ張ってきた。

「……弓削くん弓削くん」

「どうかしました？」

「……どう？」

スマホの画面を俺に向けた瀬能先輩はどこか誇らしげに口角を上げた。

見れば先程展望デッキで撮った写真が映し出されていた。

画面の中の瀬能先輩は柔らかく微笑みながら俺の肩に頭を乗せて寄り添っている。

今更だがまじまじと写真を見ていると……俺の表情が緩み切っていて好意が全く隠せていなくて絶望した。

正直こんな状況下で真顔を維持できるやつは表情筋が死んでいると思うが、これはさすがにマズい。１００人中99人が俺の好意に気が付くレベルの緩みっぷりだ。

……まぁ、それ以上に恥ずかしさが上回ったけどな。

「よ、よく撮れてますね」

……主に俺のデレ顔が……。

「そうでしょう？　これもどうかしら？」

「いいと思います」

それから何枚も俺のデレ顔を見させられた。

瀬能先輩の可愛さ有り余って神々しいまでの姿が映っていなかったら、俺は発狂していたことだろう……。

『――皆様おはようございます。本日は――』

ふたりで写真を見ていたら機内アナウンスが流れ、それを聞いた途端、瀬能先輩がビクリと跳ねた。

顔を見れば唇があわあわと揺れていて「この世の終わり！」とでも言いたげな悲しみに満ちた表情で、縋《すが》るような瞳を俺に向けてきた。

『――ただ今より、非常用設備についてご案内いたします。安全のしおりがシートポケットに入っておりますので――』

「――もうだめ！　こわい！」

「せ、先輩!?」

飛行機が滑走路に向けて動き出したことがとどめを刺したのか、プルプルと小刻みに震えていた瀬能先輩が俺の胸元に勢い良く飛び込んできた。

下半身がシートベルトで押さえられているのでなんとか上半身だけの接触で済んでいるが、勢いから察するに何も無かったら恐らく瀬能先輩は俺の膝の上に座るつもりだったんじゃないかと思う……、

「し、シートベルト……とれない！　……弓削くんのとこ、いけないいっ！」

あ……マジで俺のところに来るつもりだったらしい。

今来られたら俺もパニックになって死ぬ。

間違いなく理性も吹き飛んで死ぬ。

焦ったような手付きでシートベルトをカチャカチャと外そうとする瀬能先輩の手を両手でそっと

包み込み、目を合わせてから落ち着いた声音を心がけて話す。

気分は子供をあやす親の気分だ。……と言っても子供はいないのであくまで気分である。

「先輩落ち着いて下さい。大丈夫です。俺は隣にいますから安心して下さい」

いつもの冷静沈着《クール》な瀬能先輩からは想像もできない弱々しい姿。

こんな現状で思うのもあれだが……心の底から可愛らしいと思ってしまった。

「……や、やだぁ！　弓削くん、ぎゅってして……だっこしてっ！」

顔を上げて目尻に涙を溜めながら懇願してくる瀬能先輩。

様子から察するにかなり真剣に言っていることはすぐに分かった。

……だからと言ってさすがに機内で瀬能先輩を抱きしめるのはどうかと思い至り、ギリギリで踏《ふ》み止《とど》まった。

「あの……抱きしめることはできないので、代わりに何かしてあげられることはありますか？」

「……ないぃぃっ――」

『――皆様にご案内いたします。この飛行機は間もなく離陸いたします。シートベルトをもう一度お確かめ下さい。また座席の背もたれ、テーブル、足置きを元の位置にお戻し下さい――』

瀬能先輩が半べそ状態で顔を左右に振っていたところで、再度アナウンスが入った。瀬能先輩にはそれが死刑宣告に聞こえているみたいで、不意に無表情になったかと思いきや「……弓削くんがだっこしてくれなかったから、地縛霊になる」と、訳の分からないことを言っていた。

「先輩。加速のGがあるので背もたれに身体を付けておいた方が良いですよ？」

「た、戦う！」

いや「戦う」って瀬能先輩は一体何を目指しているのか……。

恐怖のあまり瀬能先輩が重力加速度に勝負を挑み始めたので、いい加減躊躇《ちゅうちょ》している場合ではないようだ。

「とりあえず一旦離れてください。抱き着いている方が危ないので」

「……でも、こわいの。弓削くん……隣にいる？　絶対、いる？」

「絶対にいますから安心してください」

「分かった」

恐る恐る瀬能先輩が俺から離れていったが、やっぱり怖いのか唇を尖らせながらこっちを見ている。

……そんな「助けて！」と訴えかけてくる視線は反則だった。

俺に今できる最善は何か？

瀬能先輩を安心させられる行動は何か？

離陸が迫る中、頭をフル回転させてひとつの結論を出した。

実行するにはやはり恥ずかしさがあったが、己の心を殺して瀬能先輩のためだと言い聞かせ実行に移す。

「……これでどうですか？　少しは安心できますか？」

瀬能先輩の握り拳に手を重ね、その緊張を解きながら互いの五指と五指を絡める。瀬能先輩の手は全体的にひんやりと冷たく、かなり緊張していることが分かった。

俺から瀬能先輩に恋人繋《こ》ぎ《れ》をするのは初めてだったので、少しぎこちない繋ぎになってしまったかもしれない。

やりすぎたか？　とひとり落ち込み気味で反省していたら、瀬能先輩が俺の指をギュッと握り返してきた。

見れば繋いだ手を驚いたように見つめている瀬能先輩。

それからしばらくの間俺の手の感触を確かめるように、にぎにぎと指を動かしていた。

一先ずは落ち着いてくれたのだろうか？

「……はじめ……こんな……ずる……」

突如暗号めいた言葉を途切れ途切れに発した瀬能先輩が顔を上げて……、

「──弓削くん──」

「すみません！　よく聞こえませんでした！」

何か言っていたのだが、そのタイミングで飛行機がスタンディングテイクオフを開始し、ジェットエンジンの轟音《ごうおん》に掻き消されて後半は何も聞き取れなかった。

……いよいよ離陸の時だ。

「先輩！　背もたれに身体をつけてください！　怖かったら俺の手を思いっきり握ってくれていいので！」

しっかりと聞こえるように瀬能先輩の耳元に顔を近づけて、少し大きめの声で喋る。

すると瀬能先輩がくすぐったそうに肩を上げてから、花が咲いたように爽やかな笑みを顔一面に浮かべて頷いた。

「えぇ。お言葉に甘えて、思い切り握るから……離さないでね？　絶対よ？」

今度は瀬能先輩が俺の耳元で声を張り、宣言通り俺の手を強く握りながらおずおずと背もたれに身を預けていった。

俺もその姿を見届けてから座席に深く座り直す。

多少は瀬能先輩の恐怖を緩和することができたのだろうか？

それから飛行機は加速を始め、あっという間に飛び立った。

気になって何度か横を確認したら瀬能先輩は目を瞑って口をへの字にしながら「ううぅぅっ」と、恐怖に耐えていた。……瀬能先輩としては癪《しゃく》かもしれないがただ可愛いだけだった。

『――皆様、ただいまシートベルト着用のサインが消えましたが、突然揺れることがございます。皆様の安全のため座席では――』

無事離陸が行われたことを告げるアナウンスが流れたので、そろそろ手を離そうかと瀬能先輩の方を見たら、やはり目を瞑ったまま微動だにしていなかった。

「……先輩？」

「…………」

声を掛けてみるも反応は無く……もしや恐怖のあまり気絶してしまったのか？　と、割と本気で考えながら耳を傾けてみる。

すると聞こえてきたのはいつもの「……すーすー」といった天使のような寝息だった。

どうやら疲れ切って眠ってしまったようだ。

きっと朝が早かったというのもあるのだろう。

起きていたら色々と気を張り詰めて疲れてしまうであろうことは目に見えていたので、ゆっくりと寝かせてあげようと指を解こうとすると……それを察したように深く絡められる。

こっそりと外そうとしても、手際良く外そうとしても、あと少しの所でやっぱり握り込まれる。

……挙句の果てには、こてん、と音がしそうな動きで傾いてきて、俺の肩を枕代わりにしてくる瀬能先輩。

その仕草が可愛いのなんのって。

——思わず息を止めてしまった。

——じっくりと眺め過ぎてその美貌に昇天しかけた。

間近にとんでもない美人がいるこの感覚は一生慣れることが無いだろう。

「お客様、ブランケットはご使用になられますか？」

「ありがとうございます」

瀬能先輩の枕としての特別任務をこなしていたら、ＣＡさんが微笑ましいものを見るような視線を横に向けてから、ブランケットを渡してくれた。

それを受け取って夢の世界へと羽ばたいている瀬能先輩へそっと掛ける。

……全く人の気も知らないでこの先輩は……。

掛けたついでに瀬能先輩の頭をぽんぽんと軽く撫でておく。

このくらいの役得は許してもらえるだろう。

――そして俺も眠ろうと瞼を閉じようとした視界の端で、瀬能先輩が僅かに微笑んだように見えたのは、多分気のせいだろう。

もぐもぐ語注釈コーナー♪

頁数	もぐもぐ語	翻訳後
P75	ほへふへーふ	鮭フレーク
P75	ふへふんふふほひ	弓削くんしつこい
P142	ふふん！　へんはふへほんへ！	ちがう！　先輩って呼んで！
P142	ふんふ、ひひへ！ へんはふへほんへ！	ちゃんと、聞いて！ 先輩って呼んで！
P222	ほへひほへい！ ほへひほへいふぁはらぁっ！	私のせい！　私のせいだからぁっ！
P222	……ほはひほへひーほ？	おあいこでいいの？
P223	――ふへふん、ふひーっ！ ふっほひ……ふひーっ！ ふぁーひふひっ！　ふひふひふひっ♪	？？？

書き下ろし　総務課の化け物

総務課にはとんでもない化け物がいる。

これはうちの会社では全社員の共通認識だ。もちろんこの認識は国内だけにとどまらず、世界中《グローバル》の社員全10万人以上が理解していたりする。今更ながら、そんな人数がいち社員のことを認知しているだけでも充分凄いことだと思うんだよね。

化け物という字面だけみると一見揶揄《やゆ》されているようにも感じるかもしれないけど、実際のところはマイナスなイメージはほとんどない。あるとすれば「冷静過ぎて怖い」とか「感情が読めないから話し掛けられない」といった関わりを持ったことのない人達が、彼女の表面だけを判断材料に陰で言っているくらいだ。なので彼女は特に若手社員からは挨拶はされるものの、親しく話し掛けられるということはなく、彼女自身の性格も相まってか黙々と仕事をするようになり、それがまた「怖い」といった負のスパイラルに陥っていた。

……そんな総務課の化け物こと――瀬《せ》能《のう》芹《せり》葉《は》くんに今日は伝えなくてはならないことがある。

お正月休みが明けた勤務初日に彼女を会議室に呼び出した。

「お待たせいたしました恵比寿《えびす》課長」

会議室に入室する所作は礼儀正しく表情は彼女の標準仕様《デフォルト》である、見ているこちらの気が引き締まるような生真面目なものだった。

総務課の課長《UL》である僕——恵比寿大福《だいふく》は、姿勢を正しながら口を開く。

「ごめんね忙しいところ。まずは飴ちゃんでもどうだい？」

「はい」

彼女が腰掛けたところでお気に入りのミクマドロップの飴をひとつ手渡す。

僕自身甘いものが好きだというのもあるけど、相手がリラックスしてくれたらいいなと思って勝手にやっている。

彼女は封を切ると飴を口に。そのタイミングを見計らって話を切り出す。

「それで本題なんだけど……瀬能くんに課長昇進試験の話がきているんだ」

「私に、ですか？」

ピクリと僅かに眉が動いた。

感情を表に出さない彼女にしては珍しい反応だ。ただそれが驚きを表しているのか、それとも喜びからくるものなのかは僕には判断がつかない。

「もちろんだとも。先に言うと創立84年のうちの会社では過去に例を見ない20代での昇進試験の提案《オファー》だよ？　どうかな？」

グローバル企業となった今でも年功序列が残るうちの会社としては異例のオファーだけど、彼女のこれまでの活躍を考えると僕としては遅すぎる気もする。

これまで彼女の優秀さは様々な場面で発揮されてきた。

日々の業務内のコツコツとした小さな取り組みはもちろんのこと、それこそ会社全体の利益につながるような途方途轍もない規模のプロジェクトを企画推進したり、他企業とのコラボレーションを行ったりと、そのどれもが何らかの社内表彰を受けているのだ。

ここだけの話、こんなにも優秀な彼女のことなので当然幾度となく他部署に引き抜かれそうになったりもした。だけどそこは人事を司《つかさど》る総務本部長の権力《パワー》を使って、他の本部長を牽制しつつ押さえ込みをしてもらいながら、裏では僕と部長で「瀬能くんは全ての部署と関わる総務にいなくては、その才能をいかんなく発揮することが叶《かな》わなくなる」と上層部を説得して回り、今日まで守り抜いてきたのだ。

また彼女自身も年に一度行う管理職個別面談時に「総務課で様々な経験を積みたい」と言ってくれていたので、これが決め手だったりするんだけどね。

……さて、少し話がそれてしまったけど本題に戻ろう。

彼女にしては珍しく悩んでいるようで、机の上に置いた両手を頻繁に組み直していた。焦らせるつもりもないし、今ここで答えを求めている訳でもなかったので、彼女が口を開くのを見守った。

「……大変ありがたいお話ですけれど、私は後輩を指導した経験もない若輩者ですので、マネージャーという立場が全く想像できません」

……これはまずいなぁ。

前述したように彼女はあまりにも完璧で優秀過ぎた。それ故に彼女以降の新卒が配属されないという これまた前例の無い事態が起きて、彼女クラスの勤続年数の社員であれば通常的に経験している後輩教育をしたことが無いのだ。……早い話、彼女に求められていたリソースは全て会社の利益に繋がるプロジェクトばかりに割かれていたからである。これは僕を始めとした管理職の失態だ。

「確かに瀬能くんの言う通りだね。でもそれは僕らが瀬能くんを頼りにして人員計画をきちっと見直さなかったことに非があるんだ。だから瀬能くんは何も気にせず、自身の今後のキャリアについてしっかりと考えてみてほしい。回答は今週中で大丈夫だから、自分が納得できる答えを時間をかけてしっかりと出してみてくれないかい？　もちろん相談にはいつでも乗るから気軽に話し掛けてね？」

課長を始めとして管理職に求められてくる役割というのは、いち社員とは明確に異なる。社員が実際に職務を遂行するプレイヤーであるのに対し、管理職はそれをサポートし導くマネージャーなのだ。

彼女はプレイヤーという意味では間違いなく天性の資質とピカイチの実力を兼ね備えている。

だがマネージャーとして見た場合はどうだろうか？

生真面目過ぎて部下に完璧を強要してしまう。自分が優秀過ぎて部下に失望してしまう。

マネージャーとして部下とコミュニケーションがうまく取れず、結果として報連相が機能しなくなる。

初めてマネージャーになった新人課長の定番の壁というやつだ。どうも優秀過ぎる彼女は既にそこまで考え至り、思い悩んでいるようだった。

冷たいかもしれないが僕はそこで話を打ち切って解散とした。

キャリアプランに関しては彼女自身が決めることなので、僕が余計なことを言うのは筋違いだ。もちろん相談があればいくらでも話は聞くしアドバイスもするけど、今まで会社側《こちら》の都合でいくつもあった彼女の選択肢を勝手に決めてしまったので、この重要な決断は絶対に彼女——瀬能くん自身に決めてもらいたかったのだ。……ちなみに上層部からは「是が非でも瀬能を囲え」という裏の指示があったけど、彼女の返事によっては、僕はそれを蹴る覚悟だった。

◇◆◇◆◇◆◇◆◇◆◇◆◇◆◇◆◇◆

回答期限の最終日に彼女から答えが返ってきた。

時間一杯真剣に考えてくれたようで一先ず良かった。僕は彼女がどんな回答をしようともそれを尊重すると決めている。結果としてそれで僕が降格や解雇をされようが曲げるつもりは無い。それほどまでに今まで彼女には色々とやってきてもらったのだ。……今更虫のいい話かもしれないけど。

もしかしたら当の本人よりも僕の方が緊張して話し合いに臨んでいたかもしれない。口内に広がるミクマドロップの甘さがいつもより控えめに感じるのは、緊張によるものだと思う。

「納得できる答えは出たかい？」

「……はい。色々と考えた結果今回のお話を――受けさせていただきたく思います」

……よかったぁ～。飴ちゃんがいつも通り甘くて安心したよ。

彼女の回答を聞いて心の底から安堵してしまった。

「うん。僕は瀬能くんの回答を尊重するよ。早速なんだけど昇進試験の日程と――」

それから今後のスケジュールを彼女に説明した。

課長昇進試験は今から1か月ちょっと先の3月頭にあること。試験内容は昇進面接と性格適性検査と小論文と課題解決力試験《ケーススタディ》。それに加えてこれまでの人事評価だ。

彼女には言わなかったが人事評価だけで充分受かるだけのことはしているので、試験はきっと問題ないだろう。

その後に彼女自身も気にしていた後輩教育をしたことが無い件については、今年の新卒を1名配属することが内々に決まっているので、教育係として頑張ってほしいと伝えた。これは人事を司る総務部だからこそできる力業《ちからわざ》だ。

……これもあえて彼女には伝えなかったことだが、実は既に総務課に配属される新卒の子は決まっているのだ。上層部からの指示や僕らの思惑も絡みあった人選だけど、最終的にはスムーズに決まった。

彼女を課長にあげようという動きは昨年からあり、その穴を埋めるための人員をどのようにすべきかは難航した。当初は他部署から優秀な人材を割り当ててもらうことでプランニングされていたけど、優秀な彼女の後任として機能してもらうには経験が無い真《ま》っ新《さら》な新人を当てた方が良いと僕が意見具申した。

理由は至って単純で、若くてやる気のある子の方が物事を覚える吸収速度が速いこと、また彼女の凄さを理解していない方が変に遠慮せずにやっていけるのではないか、といったものだ。

結果として僕の意見は採用され、どうせならば一番優秀な新卒を配属させようと相成ったのだ。

こうして彼女の後任には、入社試験結果と内定式の立ち振る舞いから上層部も満場一致で——弓《ゆ》削《げ》明弘《あきひろ》くんという男の子に決まったのだ。

どうして配属される子が決まっているのにもかかわらず彼女に教えなかったのかは……それはまぁ～お楽しみにとっておきたい、という僕なりの粋な計らいだ。


それから月日は流れ課長昇進試験の結果が通知される日になった。

総務課と人事課は同じ総務部のため、僕は通知が来る前に結果を知っていた。人事課長と総務課長というのは言わばパートナーなので、大体の情報は共有されている。

例によって彼女を会議室に呼び出し、僕はわざとらしく「ごほん」と咳払《せきばら》いをして言った。

結果は……、

「……瀬能くん今回の試験の結果は——見事合格だよ。おめでとう！」

「ありがとうございます」

人事評価を抜きにしても、他者を圧倒する結果で文句なしの合格だった。

「試験結果のフィードバック《FB》だけど、まず面接と小論文は完璧だったよ。面接の受け答えも小論文の課題に対する回答も、受験者の中では最高得点だったね。唯一点数……というかこれはあくまで目安にしかされていないんだけど、性格適性検査という名の心理テストで課題があったことぐらいかな？　これは瀬能くんも事前に言っていたけれど、後輩教育を行ったことが無いことに起因するものだったよ。そして最後に課題解決力試験《ケーススタディ》の結果だけど……これは僕も正直びっくりしたよ。問題を考えて出す側が想定していなかった新たな解決方法を提案した回答をしたよね？」

「……申し訳ありません」

「あぁ、言葉が足りなくてごめんね。言ってしまえば１００点を超える点数を出したってことだよ。本当に瀬能くんは、異例のとか前例の無いとか未だかつてないという言葉がピッタリだよね」

「ありがとうございます？」

心なしか首を傾げた彼女を見て破顔一笑してしまった。どうも彼女は自分自身の凄さをイマイチ理解していないようだ。

そんなこんなで彼女は無事に昇進が決まった。それと同時に実は僕も部長昇進試験に合格していたんだけど、それはまだ秘密にしておこう。

フィ《F》ードバ《B》ックを終えてから彼女にもうひとつ依頼事項があることを伝えた。

それは新入社員入社式で先輩社員代表として祝辞を行ってほしいということだ。

何度も言っているが彼女は後輩を指導したことが無い。それだというのに、上層部も酷なことをする。

だがそんな依頼にも彼女はコクリと頷いて「任せてください」と言うだけだった。とりあえず怒っていないようで何よりかな。

◇◆◇◆◇◆◇◆◇◆◇◆◇◆◇◆◇◆

新入社員入社式当日、彼女と共に少し早めに会場入りをした。

ＣＥＯや役員が集結するので立場上は彼女が一番下になる。そのため僕らは壁際の末席だ。

だが僕は彼女がいずれ壁際の先頭に座るのではないかと、思っていたりする……。

後ろを振り返って彼女の様子を確認すると、いつも通り落ち着き払った表情を浮かべて姿勢良く椅子に腰かけていた。何とも頼もしい限りだ。

彼女の現状から不要かとも思ったが、せっかく振り返ったのでなんとなしに軽い気持ちで話し掛けた。

「瀬能くん。これから君の直属の後輩になる子が来る訳だけど、気分はどうだい？」

だが瀬能くんの反応は劇的だった。

「とても……楽しみです。いつも周りの方々には後輩がいたのに、私にはいなかったので……本心を言わせていただきますと、少しばかり寂しかったです」

まさかこんなストレートなことを彼女が言うとは思ってもいなかった。

もしかしたら最初に課長昇進試験を受けるかどうか聞いた際に彼女が言った「……大変ありがたいお話ですけれど、私は後輩を指導した経験もない若輩者ですので、マネージャーという立場が全く想像できません」と言ったこの言葉の真意は――、

「私は6年間ひとりぼっちだったんです。ずっと寂しかったんです。だから昇進試験よりも、まずは後輩を私に付けてください！」

――という彼女なりの意見具申だったのかもしれないなぁ。

ここで僕があれこれ考えても答えは出ないので会話を続けてみる。

「それは悪いことをしてしまったね。本当はギリギリまでお楽しみにしておこうと思ったんだけど、後でこっそり瀬能くんの後輩になる子を教えてあげるね？」

「……本当でしょうか？」

普段よりも彼女の瞳がキラキラと輝いているように見える。

好奇心と期待感の光が灯《とも》っていることがすぐに分かった。

どうやら本当に楽しみにしている様子。こんな彼女を見るのは初めてのことだ。

「あぁ。でも表向きは彼らの配属先は誰一人として決まっていないことになっているから、口外はしないと約束できるかい？」

彼女の口が堅いことは充分理解していたけど、わざとらしく言ってみたら面白い反応をしてくれた。

「約束《アイ》します《プロミス》」

どうしてなのかやけに発音の良い英語で約束してくれた。……本当に楽しみにしているどころか、楽しみで楽しみで仕方ないといった感じだね。

その癖、表情はいつにも増して真面目一辺倒なものだ。

僕は笑いを堪えながら回答を引っ張ることにした。どうせなら弓削くん本人が来てからの方が彼女も嬉しいだろうと思って。

「それじゃあ式が始まったら教えてあげるよ。それまでは楽しみにしててね」

「…………はい」

妙な沈黙の後にそう言った彼女の表情は一切変わらなかったが、さすがに何を言いたいかは分かったよ。

い、い、い、い、早く教えてください、い！

間違いなく彼女はそう思っていたはずだ……。

新入社員の皆が入場し、式が始まった。

初めはCEO挨拶でその後は彼女の、そして僕の後輩にもなる――新入社員代表の彼の出番だ。

彼――弓削くんは、入社試験の結果は穂村《ほむら》くんに惜しくも及ばなかったけど全体で2位という好成績で、人当たりの良さと、歳《とし》不相応に落ち着いた雰囲気と歳相応な沸々としたやる気が伝わってくる部分が評価されて、瀬能くんの後任に選ばれたのだ。

学力だけで言ったらその穂村くんでも良かったし、人当たりの良さで言えばコミュニケーション能力の高さがピカイチだった工藤《くどう》くんと舞野《まいの》くんも候補だった。

だが瀬能くんの後任にすると考えた時に優先すべきは……万能選手《オールラウンダー》であることだった。

まず頭の良さと《アカデミック・スマート》、地頭の良さ《ストリート・スマート》は必須。

次に言い方は悪いけど、一見冷徹に見える瀬能くんと気兼ねなくコミュニケーションが取れる社交性。

そして最後に時代錯誤《アナクロニズム》かもしれないけど、瀬能くんに食らい付いていけるだけの気合と根性だ。

――これら全てが彼には備わっていた。

「続きまして辞令交付。新入社員、起立。新入社員代表――弓削明弘《ゆげあきひろ》」

「はい」

立ち上がった彼は確かな足取りで壇上へと向かった。

僕はそのタイミングで後ろに振り返って、小声で瀬能くんに伝える。「彼が君の後任だよ」と。

すると彼女は驚いたように瞬きを数度繰り返して、ただ真っ直ぐに壇上に立つ彼の背を見つめていた。よく見ると彼女の瞳孔が開いていくのが見えた。……反応を見るにどうやら彼のことが良い意味で気になりだしたようだ。引っ張ったかいがあったなぁ。

「弓削くんも瀬能くんと同じ新入社員代表だね」

「……はい。私と……同じです」

思い返せば彼女もまた同じ立場であの場所に立っていたのだ。その当時僕は別の課のＵＬをやっていたのでその姿を見たことはなかったけど、きっと経験した者にしか分からない何かを彼女も感じているはずだ。……この共通点がふたりの関係にプラスになってくれることを願うばかりだ。

「――年４月１日付で総勢２１２名をスミシン精機人事部所属社員とする」

「はい」

彼は一度目の大役を終えて席へと着いた。

後は役員祝辞の後に彼女の出番となる先輩社員祝辞だ。

「瀬能くんから見て弓削くんはどうだい？」

「まだよく分かりませんが、真面目そうな子だと思います」

「それは良かった。それじゃあ出番頑張ってね？　先輩社員の瀬能くん」

「……はい。後輩くんに良いところを見せられるように、頑張ってきます」

程なくして彼女の出番がやってきた。ちなみにふたりのこれからを想像するのが楽しくて、役員祝辞をほとんど聞いていなかったのは内緒だ。

「――年入社、社員代表瀬能芹葉《せのうせりは》」

「――はい」

僕は内心で「頑張れ！」と応援しながら、彼女の頼もしい背を見送った。

◇◆◇◆◇◆◇◆◇◆◇◆◇◆◇◆◇◆

歳をとると1年があっという間に過ぎていくと言うが、本当にその通りで弓削くんが総務課《うち》に来てから早くも1か月が経った。

弓削くんは我々が想定していた以上に優秀で、瀬能くんに食らい付くどころか早く追い付こうと全力で頑張っていた。

弓削くんの凄いところは多々あったけど、中でも驚いたのが配属後の3日間、昼休みすら取らないで瀬能くんが過去に作った資料全てに目を通していた時だ。さすがにULとして「休憩もちゃんと取ってね」と何度か言ったのだが、集中しているのか全然聞こえていないようだったので、強制的に休ませようといくつか瀬能くんのとんでもエピソードを披露した。

すると効果は覿面《てきめん》で弓削くんは僕の話に目を輝かせて「しゃーもんって……しゃーもんって」と

笑いを堪えながら聞いていた。

その後も弓削くんはメキメキと頭角を現して、同期の子の誰よりも早く仕事を覚えていった。その過程の中である日ふたりを見ていてびっくりしたことがあった。

あまりにも優秀で誰も気が付けなかった瀬能くんの些細なミスを弓削くんが指摘していたのだ。内容は資料内での数字違いや文章間違いなどで、瀬能くんも弓削くんからの指摘を「ありがとう」と言いながら、嬉しそうに直していたのだ。……完璧と思われていた瀬能くんでもミスをすると初めて知った。

その他にも弓削くんは積極的に業務の改善ネタを考えているようで、先日教えた瀬能くんが開発した『しゃーもん』なるＡＩシステムのリソースを活用して、議事録を要約して自動作成してくれるシステムを構築できないかと進言し、ふたりであれこれと膝を突き合わせながら考えていた。

音声認識は既に『しゃーもん』で深層学習《ディープラーニング》をさせているとかで、あとは自然言語処理《NLP》がどうとか、形態素解析《MASA》と構文解析を行って～とか、語義曖昧性解消《WSD》がなんだと、ふたりして僕のところに直接来て楽しそうにプレゼンしてくれたので、訳も分からず勢いに負けてついＧＯを出してしまった。

きっとこのふたりがここまで熱中しているので、いいものができるのだろう。……なんて理想的な師弟関係だろうか。このふたり、もしかするとかなり相性が良いのかもしれない。思い返せば弓削くんの歓迎会の日はふたりで楽しそうにしていたなぁ。

……それに弓削くんが来てからというもの、瀬能くんにも大きな変化があった。

これまでは総務課の化け物と呼ばれ、他課の社員から畏怖の対象になっていたはずなのに、徐々にその評価が変わりつつあるのだ。

感覚的なものなので上手《うま》く伝えることができないけど、雰囲気が柔らかくなって、以前よりも感情を表に出すようになってきたのだ。それに加えて時折冗談も言うようになり、課内の人間ですら驚いていた。もはや化け物でもなんでもなく、ただの面白い子になっていた……。

——これは全て弓削くんが入ってきたことによる効果だと思う。

だからこそ僕だけではなく、課内の人間は皆ふたりにくっついてもらいたいと思っている。

そうすれば瀬能くんを凄いと思えど、怖いと感じる人はいなくなるだろうと考えて。

「そうです。第一に私と弓削くんは……まだお付き合いしていない——」

「えっ？　まだ？」

そして僕はそんなふたりをあたたかく見守りながら、今日もお気に入りの飴を口にするのだった。

「……あ、あの、皆？　そろそろ3点目の連絡事項を言っても——」

あとがき

ここまで読んでくださったそこのあなた！
そうそう！　今、本を広げてくださっているそこのあなたのことです！
まずはお読みいただきまして、ありがとうございました！
心からの感謝を――って……えっ？　なんですか？
「本文読んでないけど、とりあえずあとがきだけ先に読みにきただけ」ですって……？
……やめてぇぇぇぇぇ！
ここで本文のネタバレなんて一切しないので、諦めて本文読んでぇぇぇぇぇ！
…………
…………………
……………………

すみません。

初めてのあとがきということで少々取り乱しました。

改めまして。『小説家になろう』でこっそりと活動しております、識原佳乃《しきはらよしの》と申します。

初めましての方は、どうも初めまして！

以前から私のことを知ってくださっている方は、……な、なんで知ってるんですかぁ……？　と、わざとらしくとぼけておきます（笑）

さておふざけはポイッと投げ捨てて、この本について少しお話しをしておこうかなと思います。

私はラブコメが好きでよく読んでいたのですが、ある日ふと思いました。

「学生がメインの学園ラブコメってラノベにはたくさんあるけど、社会人をメインにしたラブコメってあんまりないような？」※意：社会人ラブコメ書きたいな～

当時学園ラブコメを書いていた私は、衝撃のあまり、衝動の赴くまま、小説を書き上げました。

そして書き上げたのがこの『クール美女系先輩』……ではない、別の物語なんですけどね！

――そんなこんなで（？）色々あって『クール美女系先輩』を書いた次第でございます。

この物語は心身ともにお疲れの社会人の皆様に、特に読んでいただきたく書いたものです。

会社に行けば逃げ場などなく、常に仕事とプレッシャーがのしかかり。

行きたくなくとも「付き合いだから参加しといて」と上司に言われて強制参加させられる飲み会。

とどめには仕事は減らないのに残業は無くせと無理難題を吹っ掛けてくる、働き方改革。

そんなストレス社会から一時的にでも逃避ができるように「こんな先輩がいたら毎日楽しそうだな」と思っていただけるよう、本作を書きました。

……それがまさかこんな形で世に出るとは万が一、いや、億が一にも思ってもいなかったので、正直私が一番ビックリしております！

……そしてまた話は脱線するのですが、私がこの物語の書籍化のお話をいただく数十分前に、なんとも不思議な出来事があったので語らせてください。（絶対あとがきで書こうと思ってました）

書籍化の依頼が来たその日、私は社内のプレゼン大会に参加していて、無事にそれを終えて新宿に打ち上げに来ていました。

目当ての店に向かうため人でごった返しになっている歌舞伎町を歩いていると、向かいから暗めの赤と橙色の袈裟を身に纏ったお坊さんがやって来たのです。

はじめはコスプレをしている人なのかな？　なんて失礼なことを考えていましたが、なんとも言えないオーラとあまりに非日常的な光景過ぎて、私は思わずそのお坊さんのことを見つめながら前進。

すると私の視線に気が付いたお坊さんがこちらに向かって真っ直ぐにやって来ました。

近づいて分かる異国の顔立ち。……恰好からして海外の方だと思っていましたが、そのまま話し掛けられて確信しました。

「◎△$♪×¥●&%#?!」

「な、何語!?」

当然日本語ではなく、英語でもない、聞いたことのないその言葉。

私はパニックになりながらもお坊さんの言葉を理解しようと、ダメもとでつたない英語で話しかけました。

するとお坊さんは英語が少しできることが分かり、そこから某家電量販店に行きたがっていることが分かりました。

スマホの地図を見せて案内しようかと思いましたが、こんなにも人が多いところでルートだけ教えて、はいさようなら、というのは何だか違う気がしたので、お目当ての店舗まで一緒に向かいました。

その道中で色々とお話しをしていると……徐々にこのお坊さんのことが分かってきました。

まずお坊さんの出身地は……お坊さんがとても多いお国でした。

日本へは数年前に買った、Gが付いてクで終わる時計を修理しに一人で来たこと。

そしてお坊さんをお目当ての店舗まで連れて行った際、不意に懐から最新のｉＰｈｏｎｅを取り出して私に一枚の写真を見せてくれました。……ちなみにその時思った「一番新しいｉＰｈｏｎｅ持ってるんかーい！」という私のツッコミは内心でどうにか押し止めました……。

気を取り直して写真を見てみると――ツーショットでそこに映っていたのは彼と……かの有名なダライ・ラマ14世でした。

最後にお坊さんはチベット語であろう言葉で何かを言ってニッコリと微笑み、私と握手をしてから店舗へと消えていきました。

この数分後に私のところへ書籍化のお話が舞い込んで来たのです。

……偶然かもしれませんが、私は今でも思っております。

本作に書籍化のお話が来たのはお坊さんに道案内をして、徳を積んだからだと！

人助けは大事。これ絶対。


と、まぁ、嘘のような実話です。


そんなこんなで世に出ました本作ですが、社会人の方はもちろん、学生の方にも楽しんでいただけましたら、本望です。

最後になりましたが、本作を見つけてくださり、私が出した無茶振りにも快諾してくださいました『Iさん』をはじめ。「ほへふへーふ」を可愛く最高に素敵な形でイラストにしてくださいました『しぐれうい様』。WEB版を更新すると「クリスマス釣井《ツリー》」や「もぐもぐ語マスター」などと、毎回面白感想をくださったり、ポイント評価で応援してくださったり、、、、オロロロレビューを書いた挙句、私がそれをネタにしても優しく受け止めてくださる『読者の皆様』のおかげでここまでやってこれました。(もちろんお坊さんも!)

そしてもちろん!

本作を手に取り、ここまで読んでくださったそこのあなたにも、心から感謝いたします。

(……立ち読みじゃないことを祈りつつ)

ありがとうございました!!

2019年4月　識原佳乃

二度転生した少年は
Sランク冒険者として
平穏に過ごす
～前世が賢者で
英雄だったボクは
来世では地味に
生きる～
十一屋 翠
illustration がおう
コミカライズも
好評連載中!!
マンガUP!で検索!!

「また転生してしまった」
賢者、英雄という二つの前世を持って転生した少年、レクス。
前世の記憶から目立つことが危険だと学んだ彼は
新たな人生では地味に生きようと決意し
念願だった冒険者になって日銭を稼ぐ毎日を送るのだが、彼は知らない……。
「すみませーん、薬草採取してたら
ドラゴンに襲われたんで
ついでに狩ってきました」
自分の地味がどれだけ派手かということを!!
二度転生した少年による、
痛快×爽快ファンタジー。
シリーズ好評発売中!
十一屋翠
がおう
二度転生した少年はSランク冒険者として平穏に過ごす
～前世が賢者で英雄だったボクは来世では地味に生きる～
1
十一屋翠
がおう
二度転生した少年はSランク冒険者として平穏に過ごす
～前世が賢者で英雄だったボクは来世では地味に生きる～
2
ノベル第3巻は今夏発売予定!!

予知

大人気転生ファンタジーから

次巻、人狼への転生、魔王の副官

「外伝」突入!!!!

新章突入に先立ち、主人公のシルエットを特別公開！

漂月

イラスト 手島nari。

2億PV超!!!!

累計48万部突破の

副官ヴァイトや
魔王軍の仲間たちが作り上げた
人間と魔族が共生する国――ミラルディア。
この物語の主人公は
人狼と人間のハーフの少女フリーデ。
英雄ヴァイトの子として生まれ育った
ひとりの少女は
父の偉業に触れ、軌跡を辿りながら
ミラルディアの
次世代を担う者として成長していく。

あなたの“好き”が
ここにある!
大好評
開催中!!
大賞は、書籍化&
オーディオドラマ化!!
さらに、賞金
100万円!
ターノベル
大賞
応募期間:2019年7月31日(水)まで

EARTH STAR NOVEL

クール美女系先輩が家に泊まっていけとお泊まりを要求してきました……

発行 —— 2019年5月15日　初版第1刷発行

著者 —— 識原 佳乃

イラストレーター —— しぐれ うい

装丁デザイン —— 冨永尚弘（木村デザイン・ラボ）

発行者 —— 幕内和博

編集 —— 稲垣高広

発行所 —— 株式会社 アース・スター エンターテイメント
〒141-0021　東京都品川区上大崎 3-1-1
目黒セントラルスクエア　5F
TEL：03-5561-7630
FAX：03-5561-7632
https://www.es-novel.jp/

印刷・製本 —— 中央精版印刷株式会社

ISBN 978-4-8030-1291-0